♥ 渉、夏川家にお呼ばれ!? ♥
「い、良いから来て! ここまで来て帰るとか無いんだからね!」
「魔王城かよ……」
夢見る男子は現実主義者
yumemiru danshi ha genjitsusyugisya

「コラ」

余計な一言だったのか夏川に頬を引っ張られる。

絶対変な顔になってるに違いない。

「えへへ、えへへっ」

でも愛莉ちゃんはけらけらと笑ってる。良い笑顔。

「ふふっ、ふふふ」

……えっと？　あの、夏川さん……？

何かあなたも楽しんでません？

♥ 夏川姉妹のお気に入り…？ ♥

うわあぁあぁあぁあぁッ！

なにその顔そんな顔すんなよ！

俺をどうしたいの？　虐めか？

残念だったな夏川まだ大好きだぜマジ嬉しい！

「圭《けい》は良いのに、私はダメなの……？」

夢見る男子は現実主義者2

おけまる

HJ文庫
896

口絵・本文イラスト　さばみぞれ

contents

1章 ❤ ……… ❤ 親友は語る

『───ならっ……う、家《うち》に来なさいよ!!』

俺《おれ》がクラスのお下品ランキング2トップこと古賀《こが》と村田《むらた》と話した辺りから様子がおかしくなり始めた我《わ》が女神《めがみ》こと夏川《なつかわ》。姉貴とのガチンコバトルを終えて側近（仮）の芦田《あしだ》に引きずられてファミレスに入ると、側近（仮）に問《と》い詰《つ》められた女神は堰《せき》を切るようにそんなことを宣《のたま》う。おかげさまで俺は反射で指詰めそうになったし女性店員さんに迷惑《めいわく》そうな目で見られた。しかし俺を舐《な》めてはいけない、夏川に惚《ほ》れて早二年弱、幾度《いくど》と無く悶々《もんもん》悶々してきた俺に死角は無い。

我が深層を蝕《むしば》む淫靡《いんび》な誘惑《ゆうわく》よ、現《うつつ》なる言霊《ことだま》をもってこの身から消え去りたまえ。ハァアアア〜っ……!

国語《こくご》数学《すうがく》英語《えいご》物理《ぶつり》化《か》学歴史《がくれきし》現社《げんしゃ》政経《せいけい》倫理《りんり》───

「……うしっ、中和」

「何が」

現実にひたすら意識を馳《は》せる事で振《ふ》り切《き》ったテンションを沈下《ちんか》させる……俺くらいのベテランにもなるとこの程度朝飯前なのさ。今なら大丈夫《だいじょうぶ》、どんな夏川の言葉だろうと俺は耐《た》えて――あ、ヤバい、また思い出して――

「………ふひひ」

「うわキモっ……」

「……」

夜のファミレス。そんなローカルな場所でショック療法《りょうほう》最強説が誕生した。特に効果的なのはクラスメートの女子による罵声《ばせい》。どんなに意識が飛んでたとしても信じられない早さで現実に引《ひ》き戻《もど》される。代償《だいしょう》として目元から数滴《すうてき》の水分を失う。ぐすん。

「いや悪い悪い。何か幻聴《げんちょう》が聴《き》こえちゃってさ」

「まぁそう言うのも無理はないかもねー……愛《あい》ちも紛《まぎ》らわしいこと言ったもんだよ」

「――で、何なのさっきの。こうしてる今もシャウト決め込みたいんだけど」

「迷惑だから絶対にやめて」

オゴゴゴゴゴゴゴッ……！　※デスボイス

シャウトかと思いきやまさかのデスボイス。声に発せずとも何かしらの部分で暴れないとこの衝動《しょうどう》を抑《おさ》えられない。たとえ夏川のあの誘惑極《ゆうわくきわ》まりない言葉に特別な意味なんて無くとも、それが聴けただけで何つーかかもうっ……ありがたきハピネスっ。

「で、さじょっち。今日の事なんだけどさ」

「え、続けんの？　夏川顔隠《かく》して伏《ふ》せちゃってんだけど」

「良いよもう、今の愛ち限界だから。話が進まない」

え、何それ。メンタル的な問題でもあんの？　夏川のファンとしてはこんなにも近くに居て放置って心苦しいんだけど。頭撫《な》でちゃダメ？　ダメなの？　この鬼《おに》っ。

「サクッと言っちゃうとね？　愛ちはさじょっちを愛ちゃんに紹介《しょうかい》したいんだよ」

「へぇ……うん？」

え、だれ……あ、夏川の妹？　名前似てるから一瞬《いっしゅん》わかんなかったわ。芦田のネーミングどうなってんのよ。夏川の呼び方とほぼダブってんじゃねーか。愛莉《あいり》ちゃんだろ愛莉ちゃん……有名なサッカー選手の嫁《よめ》さんみたいな名前だよな、うん。

……は？

「え、何で？　俺みたいにキモくて悪影響《あくえいきょう》与《あた》えそうな奴《やつ》は近付かせないんじゃなかったっけ？」

「もぉ！　愛ちが本気でそんな事思ってるわけないじゃん！」

「え？　キモくないの？」

「ホントにそうかは別として！」

「やだ何この感情」

何でしっかり否定してくんないのこの子……嬉《うれ》しいのか悲しいのか分かんないんだけど。え、違《ちが》うよね？　常識人だよな俺？　ちゃんとお椀《わん》手に持つよ？　トイレットペーパーとかホルダーの蓋《ふた》でちゃんとちぎるよ？　手洗った後ちゃんとブォーンするよ？

夏川にとって俺がキモくない……ね。それは俺に対して嫌悪《けんお》感を抱《いだ》いてないって受け取っても良いものなのか……？　それとこれとは別の話……？　結局何なの……？

「俺がキモくなかったとして、何で今さら……？　夏川は前から俺を『妹に絶対に会わせない』って言い切ってた。それも可愛《かわい》い妹の事だからか凄《すご》い剣幕《けんまく》になってたし、今はもう怖《こわ》くて話題に出さないようにすらしてるくらいなんだけど……」

「や、そう言われても……──ちょ、ちょっと愛ち、この話初めて聞いたんだけど？」

「うっ……」

おぉ……女神が復活した！　復活なされたぞ！　ご尊顔を、ご尊顔をッ──うっわすっげぇ苦々しい顔してんじゃん。やっぱ俺キモいんじゃね？　初めて見たんだけどこんな顔。

「だ、だって……圭《けい》ぜったい怒《おこ》るじゃない……」

「当ったり前じゃん！　さんっざん拒否《きよひ》ってた手前やっぱり会わせるって何なん⁉　どん

な天邪鬼《あまのじゃく》!?」

「うっ、うう……」

お、おお……よく分からんけど今日の芦田はめっちゃ夏川に攻《せ》めるな……珍《めずら》しい光景だ、芦田が夏川にくっ付いて尻尾《しっぽ》振《ふ》ってそれを夏川が聖母のように撫でるってのがいつもの光景だってのに。

「そ、それは言ったじゃない……！　私だってこの間までそんな事思わなかったわよ！」

「はぁ!?　何でアタシが逆ギレされないといけないわけ!?」

「――え、ちょっ、二人ともストップストップ！　何か喧嘩《けんか》みたいになってるって！」

迷惑行為《めいわくこうい》、ダメ、絶対。ほら見ろあっちの女性店員さんがこっち見て――や、だから何で俺の方見てんの？　これ別に修羅場《しゅらば》とかじゃねぇかんな？　何でそんな軽蔑《けいべつ》するように見てくんの!?

語気が強くなる二人を立ち上がって止める。夏川に至ってはヤケになってる感じがする。めったに見ない二人の言い合いだ。これは止めないと取り返しのつかない事になるかもしれない。何とか向かいの席から二人を割って仲裁《ちゅうさい》する。

「べ、別に俺は何言われようが気にしないって！　黙《だま》って二人の言うこと聞くから！」

「ホ、ホント……？」

「ほんとほんと！」

「——ふんっ」

瀬戸物《せともの》を投げつけても割れないくらいソフトで譲歩《じょうほ》した言葉を割り込ませると、夏川はめまいがしそうなほど愛くるしい顔をうるうるした目とともに向けてきて、芦田は納得《なっとく》がいかなそうに鼻を鳴らした。

何ぞこれ。まるで俺がいつもの芦田だな。夏川が俺で芦田が夏川。一個ずつ立場が入《い》れ替《か》わったみたいだ。こんな事ってあるんだな。じゃあ俺が女？　うふっ、死ね俺。

や、でも驚《おどろ》いた……こんな事ってあるんだな。夏川が俺に否定的じゃない感情を持ってただなんて……。好感度でいうと最低値どころかマイナス値くらいに思ってたわ。嬉しいけど実感が湧《わ》かない。

「言い方はアレかもだけど……一体どういう風の吹《ふ》き回《まわ》し？　俺のレベルが何かに達したとか？　何かの審査《しんさ》基準満たした感じ？」

「な、何よそれ……そんな審査してないわよ」

「キモいかキモくないかでしょ。で、キモいと思ってたら実はキモくなかったっぽいから愛ちゃんに会わせようってなったんでしょ」

あんまキモいキモい言うのやめてくんねぇかな……。面と向かって言われたわけじゃな

ピイッ

くても女子の〝キモい〟は聴いただけでビクンッてなっちゃうのが男子だから。心臓に悪いのマジで。

「そ、そんな事ないわよ」

「そんな事ないのかよ」

んな事ねぇのかよ。びっくりし過ぎて俺の全《すべ》てが総ツッコミ入れたわ。え、俺キモいの？　んな期待させといてそんな事ってあるかよホントありがとうございます。いやキツイよ……。

「ハァ……」

「うっ……！」

わざとらしく芦田が溜《た》め息《いき》を吐《つ》いた。確実に夏川に向けられたもののように思える。話が進まないって言ってたのはこういう事か。

だったら、言《い》い逃《のが》れ出来ないくらいにピンポイントで質問しちゃえば良い。さっきは余計な事を言っちまったからな。

「今まで会わせたくなかったってのが心変わりした事に関しちゃこの際いいや。ただ、〝会わせてもいい〟じゃなくて〝会ってほしい〟ってのはどういう事？　何か特別な理由でもあんの？」

「そ、それはっ……」

あ、あぁっ……！　夏川の顔が赤くなっ――あぁ可愛い！　超《ちょう》可愛い！　恥《は》ずかしいの⁉　夏川さん恥ずかしがってんの⁉　会わせないって断言してた手前答えづらい感じ⁉　やめろよそーゆー顔！　こっちも心入れ替えたばっかなのに煩悩《ぼんのう》ががが……っ！

壊《こわ》れかけていると、注文してたポテトが今になって運ばれてきた。もっと早めに出せなかったかな……もう夜だし人も少ないんだから――あ、さっきの店員さん……ひぃっ、睨《にら》まれた。

「そ・れ・は？」

「そ、そそそれはっ……」

店員さんに遮《さえぎ》られうやむやになりつつも、芦田が強引《ごういん》に軌道《きどう》修正した。いやちょっと圧力よ。夏川さんもう恥ずかしがってるとかじゃなくて恐怖《きょうふ》で答えようとしてんじゃん。血の気引いてんじゃんか。

「――きくんに……」

「え……？」

「さ、佐々木《ささき》くんに……」

「ささきんに？」

「お前アイツのこと〝ささきん〟って呼んでんの……」

佐々木……ね。何でクラスのイケメン野郎《やろう》の名前が出たのか知らねぇけど、好きなひとが言うとあんまり良い気分じゃねぇな。今度アイツの妹の有希《ゆき》ちゃんにある事ない事吹き込んでやる……。

呼び方についてツッコむと「ちょっと黙れ」って睨まれた。抑えられなかったよ、芦田お前一体どういうネーミングセンスしてんの。俺びっくりしちゃったよ。言っとくけど俺の呼び方も「え、誰《だれ》？」って感じになるからな。普通《ふつう》に考えて〝さじょっち〟とか「どんな面《つら》してんの？」ってなるから。

「――佐々木君に……愛莉が、懐《なつ》いたから。他のみんなも……」

「……？」

「……？」

？？？

超良い事じゃね？　何かおかしいとこあった？

クラスの女子達と一緒《いっしょ》に夏川の家に遊びに行った佐々木から見せてもらった――見せびらかされた愛莉ちゃんとの２ショット写真が頭に思《おも》い浮《う》かぶ。女子達も愛莉ちゃんを囲んで何枚も撮《と》ったんだろう。何とも微笑《ほほえ》ましい光景だ。うん、佐々木マジでハーレムしやがってあの野郎。

「え、ダメなの懐いちゃ？」

「べ、別にダメじゃない、けど……」

「そういえば愛ちゃん、みんなの名前憶《おぼ》えていっぱいいっぱいになってたっけ？」

「へぇ」

何とも脳内再生が余裕《よゆう》な話だ。みんなに囲まれて撫で撫でよしよしされながら各々《おのおの》の名前を吹き込まれて困惑《こんわく》する愛莉ちゃんが目に浮かぶ。いや微笑ましいね。佐々木、お前はどっか行け。

さっきの空気とは一変、何ともほっこりとした空気に包まれた。恐《おそ》るべき愛莉ちゃんの天使さよ、これなら芦田とのギスギスも簡単になくなりそうだ。

「で、それが何なわけ」

「お前ほんとにキレてんのな」

「うっさい」

痛《イ》ダダダッ……！　コイツっ……つま先の先っちょを的確に踏《ふ》んできやがる！　マジでイイ性格してやがんな！

「そ、それで……〝違うな〟って………」

「違う……？」

違うって何が？　ニュアンス的に納得出来なかったたって事だよな？　夏川は俺を愛莉ちゃんに会わせない理由として『教育に悪い』っつった。てことはつまり、佐々木や他のみんなもそうだったたってこと？　しかも俺を許容するくらいだからそれ以上だったたってこと？　一体何をやらかしたんだよみんな……。

「愛莉ちゃんに白井《しらい》さん達や佐々木を会わせた事を後悔《こうかい》してるってこと？　悪影響《あくえいきょう》に感じたとか……」

「ち、違っ、そんな事ない！」

「あ、そ、そう……」

佐々木はともかく、あのほんわか系の白井さんまでもがNGだったらかなりシビアだった。俺とかもう視界に入っちゃいけないレベルだし。白井さんが実は性悪《しょうわる》とかじゃなくて良かった。全ての男子が膝《ひざ》突いて頽《くずお》れるくらいの破壊力《はかいりょく》あるわ。

「…………なるほどね」

「えっ」

え……？　解《わか》ったの？　ちょっと待って芦田。俺を置いてかないで。なに一人で合点《がてん》が行ったように腕《うで》組んで頷《うなず》いてんの。あれか、男に理解できないやつか。もしかしてこれが俗《ぞく》に言われる乙女心《おとめごころ》ってやつ？　そんなのリアルガチで教室のコーナー系男子の俺には理解できないよ……。

ダラダラと冷《ひ》や汗《あせ》を垂らしてると芦田と目が合った。俺の顔がいかにも意味不《いみふ》と物語ってるのに気付いたのか、今度は俺に向けて盛大に溜め息を吐いた。いやちょ、それめっちゃ刺《さ》さるんだけど。

「――納得出来なかったんでしょ？　愛ちゃんが一番身近に居る誰かさんを差し置いて他のクラスメートばかりを覚えて、しかもその誰かさんは来なかったっていうのが」

「……ぅ」

「……はい？」

「で、ささきんにさじょっちを重ねて見ちゃったわけだ」

「も、もうやめて……」

「……は？」

予想だにしてなかった展開に思わず呆《ほう》けてしまった。まるで俺に対して好意的な何かを感じさせる内容。ありえない、そんな事はありえない。何故《なぜ》なら俺は夏川にしつこく絡《から》んで散々迷惑をかけて来たからだ。

「あのねさじょっち。アタシも詳《くわ》しい事は分からないけど、愛ちから聞かされてたんだ。

今朝の時点で愛ちは〝さじょっちが愛ちゃんに会う〟ってシナリオが勝手に固まってたらしいの。だから今日の一日を通して強く当たってしまったんだよ。だって今日のさじょっちったら、つくづく愛ちを焦《じ》れったくさせてたもんね。最近もそうだけど、全然絡んで来ないんだもん」

「え……？」

よくわからない。耳に入って来た言葉をどうにか咀嚼《そしやく》する。

落ちつけ、いったん整理しよう。夏川は俺を愛莉ちゃんに会わせようとしていた。理由はまだ定かではないけどそれは夏川にとってほぼ確定的なものであって、学校で夏川が何度か俺の元に来たのはそれが理由だった。

いやでも、昼に強引に連れ出されたり、さっき学校の屋上で胸倉《むなぐら》を掴《つか》まれたりしたのは何でだ？　村田や古賀と関《かか》わって下品な話題になったのが許せなかったとか？　いやそもそも夏川が俺のこと気にしたりすんの……？

「え？　夏川、これって……」

「――える」

「え？」

「帰るっ‼」

「え⁉　あっ！　ちょっと！　夏川！　荷物！」

急にバッと立ち上がった夏川。真っ赤な顔で、荷物も持たずそのままファミレスから飛び出して行ってしまった。徒歩で通学だし、家族も帰ってるだろうから家に入れないなんて事は無いだろうけど……。

「……」

「……」

引き留めようと手を伸《の》ばして立ち上がったまま固まる。何これヤバくない？　今の俺、端《はた》から見たら完全に恋人《こいびと》に逃《に》げられた憐《あわ》れな男じゃん？　いや、でも芦田が居る時点で話は変わんのか……？「ヤだなに二股《ふたまた》？　サイテー」とか思われそう。

「……あ、あのお客様？」

「あ、もう帰るんで。さじょっち、お金」

「…………うす」

何とも言えない空気のまま、芦田は俺が取り出した財布《さいふ》を奪《うば》い取《と》って自分の財布も併《あわ》せて会計に向かった。手足を操《あやつ》られるように指示され、全員分の荷物を抱《かか》えて呆然《ぼうぜん》とその後ろを付いて行く。何とか俯瞰《ふかん》して状況《じょうきょう》を鑑《かんが》みようとしたけど無理だった。ただ見たまんまの状況を実況《じっきょう》してるだけだわコレ。もう頭ん中ぐるっぐるしてんだけど。

まともに記憶《きおく》を辿《たど》ることが出来たのはファミレスを出て、喧騒《けんそう》の無い道に入ってからだった。

「……夏川が可愛かった事しか覚えてない……」

「そのうち他のも思い出すよ、嫌《いや》でもね」

「……オーライ」

外も暗くなり始めてるし送ってくって言うと「じゃあ途中《とちゅう》から外灯が続くからそこまで」と返された。我ながららしくないイケメンムーブにしか思えないけど、このモヤモヤを何かしら体を動かす形で紛らそうとしてるんだと思う。

ただ道を歩きながら思う。あの、俺ずっと全員分の荷物持ってんだけど？　特に芦田、この馬鹿《ばか》デカいスポーツバッグ。中に絶対バレーボール入ってるよな？　歩く度に俺のケツに当たってバフンバフン跳《は》ねるんだけど……。てかバレーボールって持って帰るもんなの？

「──さっきので解ったでしょ、さじょっち」

「な、何が……」

「別に愛ちはそこまでさじょっちの事をキモいなんて思ってないって。何年も言われ続けて、さじょっちだってそんなの挨拶《あいさつ》みたいなもんだって思った事は無いの？」

「何年も言われ続けて『あぁマジなんだな』って思ってたけど。それに、俺《おれ》を嫌《きら》ってないとは限らないだろ？」

「そだねー、でもきっと愛ちも思ってるよ？　あれ？　あれれ？ってね」

「んだそれ……」

「さじょっちはそれで良いのかもね。少なくともさじょっちは言いたいこと言って来たと思うし。でも、前にも言ったけどこれだけは忘れない方が良いと思うよ」

「……？」

「――さじょっちは、きっと愛ちにとってはもう居場所《グループ》の一人なんだよ」

「……」

　外灯が見えた。芦田が俺に絡みついた荷物を夏川の分まで含《ふく》めて剥《は》ぎ取って行く。身軽になって立《た》ち尽《つ》くす俺を、芦田がスポーツバッグでど突《つ》いた。

「んだよ」

「居心地《いごこち》の善《よ》し悪《あ》しとかじゃなくてさ、自分を好いてくれる誰かが居て嬉しくないわけがないんだよ。たとえそれがキモくて煩《わずら》わしかろうと、少なくとも自信を保つ支えになるから」

「やっぱキモいんじゃねぇか」

「――それでも、自分の居場所が突然《とつぜん》一つ無くなったら誰でもびっくりするし、不安にもなるよ」

「……」

芦田はそう言い残し、最後にもう一度俺をど突いてから走って行った。イライラしてたはずなのに、別《わか》れ際《ぎわ》のアイツは妙《みょう》にニマニマと笑っていた。何が腹立つって、アイツ一回も〝キモい〟の部分否定してくんないとこだよな。そーゆーとこだぞ芦田。

「……肉まん、買って帰るか」

初夏の夜。スマホのホーム画面にあるガジェットが気温を二十七度と告げていた。暑いはずなのに、俺の体は汗も出ず冷え切っていた。

◆

玄関《げんかん》には家族分の靴《くつ》が並んでいた。中でも親父《おやじ》の革靴《かわぐつ》が群を抜《ぬ》いてくたびれている。黙って下靴箱《したぐつばこ》から靴用クリームを取り出してその革靴の側に置いておいた。磨《みが》かないよ？触《さわ》りたくないし。

リビングの扉《とびら》を開けると左手にキッチンとダイニング、右手にテレビと二つのソファー

が見える。頭の中は冷え切っていて、脳死作業のごとく玄関を上がって来たはずなんだけど、いつも帰ったらまずどうしていただろうと思い、踏み止《とど》まった。

「何してんの、〝ただいま〟くらい言いな」

「あぁ、ただいま……」

皿を洗うお袋《ふくろ》に言われ、奥《おく》のテレビの方に向かう。確か、帰って来た直後はこの辺に通《つう》学鞄《がくかばん》を転がしてたはず……んで、疲《つか》れたっつってソファーに寝転《ねころ》んで靴下《くつした》を——

「……別に、屋上で言ったこと再現しなくて良いんだぞ」

「……うっさい」

入り口に背を向けていたソファーには既《すで》に住人が居た。住人は寝転んでスマホを弄《いじ》り倒《たお》している。片方の靴下は放《ほ》っぽられ、もう片方は上手《うま》く脱《ぬ》げなかったのか足の途中でロール状になっていた。恐らくこの姉貴と同じ生徒会のイケメンども——Ｋ４にとっちゃ垂涎《すいぜん》ものの実に無防備な状態だろう。俺？　虚無《きよむ》。

そんな暴君の姿を見て、あるものが足りない事に気付いて少しニヤけた。

「——悪かったな姉貴。乱暴な事言った」

「は……？　アンタ……」

差し出した袋を手渡《てわた》し、その中の肉まんを見た姉貴が複雑そうな顔をする。オラどうした食えよ大好物だろう？　弟に買わせた肉まん頬張《ほおば》りながらソファに我《わ》が物顔《ものがお》で寝《ね》そべってスマホ弄り倒せよ。ほらほらほら。

「……い、いらない」

「……ふぅん」

よく考えたらあれから姉貴が肉まんを買わないと思えねぇわ。これあげたとして何個目なんだろうな。流石《さすが》に太るか。体重計に逆ギレしてる姉貴は流石にもう見たくない。自分で食べよっ♪

「――てか、乱暴されてたのアンタでしょ」

「や、あれは……」

おい、何でそんな可哀相《かわいそう》な目で俺を見るんだよ。いつもあなたが俺にやってる事ですよ！なに〝自分はそっち側じゃない〟顔してんだよ。おい！　靴下放ってくんな！

「で、あの子達とナニしてたわけ？」

「普通じゃない何かがあったような訊《き》き方《かた》やめろよ」

「どっか上の空じゃない。何かあったでしょ」

くっ……！　謝《あやま》った手前ズケズケと訊いて来やがる。答えろってか？　妙に俺の青春だの何だの心配されたからかめっちゃ答えづらいじゃねぇかっ……。

「……知らね。色々あり過ぎて夢心地《ゆめごこち》になってるだけだっつの。はよ寝たい」

「ふーん、そ。どうでも良いけど」

いや無理あるから、絶対気になってんだろこの姉。又聞《またぎ》きに加えて姉貴本人からも青臭《あおくさ》い言葉もらったからな……心配されてんだなって思うとむず痒《がゆ》くなって仕方ない。不器用過ぎんだろ……。

「……そうだ、俺からも一言言いたい事あんだわ」

「な、何よ……」

「人の心配する前に自分のこと心配しろっつーの。多過ぎなんだよ、流石にあの生徒会の四人全員は弟としてどう反応して良いか困るわ」

「なっ……!? ち、違うしっ!? アイツらはそんなんじゃッ……！」

「……まぁ、姉貴の事だから選ぶ時は選ぶだろうけど、夢と理想に取り憑《つ》かれた奴が何やらかすかはよく知ってんだよ。今のうちにそこんとこの塩梅《あんばい》考えといた方が良いんじゃねえの」

面倒《めんどう》事はゴメンだけど、身内の話となると話は別。家の中の空気がクソ重くなる事態なんてヤだし。せっかくだからこれを機に色々言わせてもらおう。

「――はぐッ！」

「あ……⁉」

手に持ってた俺の肉まんに姉貴の大口が強襲《きょうしゅう》した。驚いて手離《てばな》してしまったそれはあっという間に姉貴の口の中に吸い込まれて行く。おのれこの暴君っ……なんつー頬袋《ほおぶくろ》してんだよオイ……！

「ふんっ……ほもえもめもももむもむもうも！」

「何言ってるか解んねぇ、よッ‼」

「んんんー⁉」

口から肉まんをはみ出させて頬をパンパンにしてるところをスマホで連写。慌《あわ》てて顔を隠す姉貴を尻目《しりめ》にリビングから退却《たいきゃく》。近いうちにＫ４達と接触《せっしょく》して売る事を誓《ちか》った。

その後、姉貴が金属バットを持ってゆらりと部屋に入って来た時は本当に死ぬかと思った。

2章 ♥ 大人のお姉さん

――火曜日。え、まだ火曜日なん？

　廊下《ろうか》の掲示板《けいじばん》にある日めくりカレンダーを見て愕然《がくぜん》。昨日が濃密《のうみつ》過ぎたからかとても平日の二日目とは思えない。「あ、俺疲《おれつか》れてる」って思いながらトイレの鏡に映った自分を見る。毛先は切ったりしてるものの、一月半前くらい前に染めた茶髪《ちゃぱつ》を完全に放置しているからか根元から結構な長さが黒。しかも茶髪部分が明るめだからプリン状態だ。

「これはツートンカラー」

　沸き上《あ》がって来た謎《なぞ》のポジティブソウルが俺にそう言わせた。しかも何だかシャレオツ。もはや自己暗示に近い。前は生《は》え際《ぎわ》の色とかめっちゃこだわってたけど、今はどうでもよく感じた。まだだ、まだ活力が足りない。思い出すんだ昨日の夏川《なつかわ》を……怒った顔、恥ずかしがる顔、拗《す》ねる顔……ふひひ。はいオッケッ!!

　何だかんだ落ち着いた朝を過ごすのは久々な気がする。家を出てコンビニで涼《すず》んで昼飯買って校門をくぐる。学校のお上からの呼び出しも厄介《やっかい》事も無くボーッとしていられるだけの朝は最高だ。そうだよ俺に足りないのは一人の時間なんだよ。もうっ、みんな俺を離《はな》してくれないんだからんっ。

廊下は爽快《そうかい》。数多《あまた》の教室から漏《も》れ出《で》る空調の冷気のお陰《かげ》で俺の汗が引いていく。カモン平穏《へいおん》、あばよ脇汗《わきあせ》。

「こんにちは快適空間」

「……朝だけど？」

「細かい事ぁ気にすん——あ、おはようございます夏川さん」

「ちょ、ちょっと何で畏《かしこ》まるのよっ」

昨日あんな事があって普通に振る舞《ま》えるとお思いですか女神様。よく考えたらいつものような気がしないでもないけど気軽に会話ってちょっと無理じゃないですか？　気まずいよパトラッシュ……いかんいかん、やっべ気まずいだけで天に召《め》されるとこだった。

嗚呼《ああ》。今日もふつくしい。

「あー……おはよ、夏川。あと芦田《あしだ》」

「おはよー、今日も暑いねー。煽《あお》いでよさじょっち。煽げ」

「ほんっと暑いわっ。日焼け止め足りるかしら？（裏声）」

「アンタキモいからやめなさいよそれ」

女子トークに交ざるには女子に成り切るしかなくない？　そうじゃないと付いてける自信ないんだけど。え？　普通で良い？　んだよ最初に言えよ。

芦田が夏川の席に居るってのはよく見る光景だけど、夏川が芦田の席に話しに来るなんて珍しい光景だ。さすがの夏川も昨日の芦田の迫力《はくりょく》には勝てなかったか。わかる。昨日の芦田は怖かった。そして夏川は可愛かった。

「ああそうだ、早速《さっそく》だけど夏川。いつになんの？」

「え⁉　そ、その……いつになるって」

「幻《まぼろし》の妹、愛莉《あいり》ちゃんに会わせたいって……」

「だ、誰が幻よっ……愛莉はそんなんじゃ――」

「まぁ俺にとっちゃそうだったんだよ」

「うっ……」

俺にとっちゃ〝名前を言ってはいけないあの人〟だったからな。何だかんだ返事してくれてた夏川が、前に口にしたときはマジで一週間ガン無視状態だったのはトラウマ。俺にとっちゃ愛莉ちゃんは畏怖《いふ》の対象でもあったりする。写真を見る限りじゃ天使なんだけどね。存在を疑いはしなかったけど、あんまり話題に出て来ないもんだから夏川は一人っ子という印象が強い。あと自分の姉が女神っていう概念《がいねん》を持ってなかったから。理由は言わずもがな。

「ちょ、ちょっと待って！　じゅんびっ、準備してから言うから……！」

「ホームセキュリティの準備ね、わかった」

「言ってて悲しくならないの……」

機器設置からコース選択《せんたく》、月々の支払《しはら》い契約《けいやく》についての取り決め、レスリング女王のスケジュール調整などなど、することはたくさんあるだろうからな。

「てゆーか愛《あい》ち、さじょっち一人だけ連れてくつもりー？　結構ヤバくない？」

「えっ、あ⁉」

え、結構ヤバいの？　それはどういう意味でしょうか……俺一人だといつ襲《おそ》われるか分かったもんじゃないからとか？　や、そこまで警戒《けいかい》してんならそもそも俺を会わせなくて良くない？　いや会ってみたいけどさ。

「け、圭《けい》っ！　次のバレー部の休みとかはっ……！」

「大会前だからねー……正直キツいかも」

「……」

たはは……と頭の後ろを撫でる芦田に夏川は絶句したように口をパクパクさせた。ええ……そんなショック受けちゃうの可愛い――ンんっ。まあ芦田の人と人との緩衝材《かんしょうざい》っぷりは半端《はんぱ》ないからな。こういった事にはありがたい存在なのかもしれない。何より〝夏川愛《あい》華《か》と佐城渉《さじようわたる》〟だからな。

「じゃあ何ヶ月後かになる感じ……？」

「何ヶ月も経《た》つ前に二組目があるんじゃない？」

「え、なに二組目って？」

「それだけ愛ちと愛ちゃんは大人気って事だよ」

「ええ……？　そんな事になってんの？」

白井《しらい》さんや佐々木《ささき》のグループが一組目だとして、まだ二組目があんのか。多分だけど山《やま》崎《ざき》はアウトかな、アイツのお調子者っぷりは古賀《こが》や村田《むらた》と絡む以前の問題で悪影響だから。そう考えると二組目もほぼ女子だけって事になんの？　なら別にどうぞどうぞって感じだわ。是非《ぜひ》とも女子同士でキャッキャキャッキャと神秘的な戯《たわむ》れをしてほしい。そして写真を僕《ぼく》におくれ？

「そ、それはっ……めよ」

「え？」

「ダメって言ってんの！　だってそれじゃ……愛莉が佐々木君を――」

「え、佐々木？」

「あ、な、何でもない！」

「佐々木を殺せば良いのか？」

「や、何でもないって言ってるよさじょっち……」

佐々木ィ……！　よく分からんが俺《おれ》の本能がお前を痛め付けろと告げているぞぉ！　夏川の口からお前の名前が出てきただけでムカつくぞぉ！

「ま、準備ができたら教えてくれよ、空けるから。是《ぜ》が非《ひ》でも」

「え？　そ、そんな無理しなくてもいいわよ？」

「やだ、絶対行く」

「駄々《だだ》っ子《こ》か」

いやまぁその、なに？　平穏が第一ですけれども？　良い思いができるなら別に積極的に参加しないでもないって感じと言いますか、はい。合法的に夏川と一緒に居られるのが幸せっていうか？　てか今までの違法《いほう》だったたん……？

「……な、何よっ……急に積極的になったり……」

「え？　だって夏川が良いって言うから」

「ちょッ……な、なに聴《き》いてんのよ！」

「や、だってこの距離感《きょり》──お？　叩《たた》く？　叩いちゃう？　目醒《めざ》めちゃうよ？　俺目醒めちゃうよ？」

「キモい！　馬鹿！」

「ありがとうございます！（覚醒《かくせい》）」

あぁ何この至福の時間……昨日の疲れが吹っ飛《と》ぶわ。夏川が俺と普通に話してくれてるってのがもうね。こんな最高な事ってある？　夢でも見てるみたい。こんなの二度と無いと思ってた。割とマジで。

「あ。さじょっち、愛ち逃げたよ」

「――ハッハッハッ」

「聴いちゃいねぇ」

◆

えげつないレベルで時間の流れを遅《おそ》く感じるようになった。昼に達するまで一秒一秒を肌《はだ》で感じる。それもこれも夏川が俺を家に連れ込む宣言（飛躍《ひやく》）をしたからだろう。いつになるか分からない瞬間《しゅんかん》がかなり待ち遠しく感じる。相対性理論を唱えたアインシュタインに姉貴直伝のバックドロップを決め込みたい所存。

姉貴と言えばそういや今日は生徒会室に来るように言われてない。ぶっちゃけ俺も時間を置きたいから万々歳《ばんばんざい》、結城《ゆうき》先輩《せんぱい》込みで気まずいのなんの。

っつーわけで昼になって直《す》ぐに食堂に直行すると、何故だかいつも埋《う》まってる窓際《まどぎわ》のカウンター席が取れた。普通に座《すわ》れたもんだから良いの？　良いの？　と周囲を見回してしまったよ。そんなわけでありがたく座らせていただく事にする。外は暑いからな……お前とはもう会いたくないよ。え？　お前だよアポクリン汗腺《かんせん》。

気分は上々、そのおかげか今日はコンビニで一本で満足しちゃうバーを二本買ってしまった。もう一度言う、二本である。それに加えて菓子《かし》パンも買ってあるからたぶん栄養過多で俺はもうどうにも止まらなくなると思う。

てか一本食っただけじゃ全然満足しないんだけど……足りねぇよ、量的に。

「その後ろ姿は……佐城か？」

「んん……？」

呼ばれて飛び出てないけどジャジャジャジャジャーン。教室《ホーム》から飛び出せばそこはもうダメージが適用される戦場《アウェイ》。というか面倒事の転がる世界だ。クラスの奴《やつ》らがそんな確認《かくにん》するように話しかけてくるわけないしな。

振《ふ》り返《かえ》れば四人席に座る三人の女子。そう、これももう一度言う、女子である。うち二人は最近知り合ったばかりの先輩達《せんぱいたち》だ。何つーか、よくもまぁ見つけてくれたなという感じがする。

「あ、どうも……うす」

振り返って頭に手をやり首を上下に稼働《かどう》。後輩《こうはい》男子の挨拶なんてこんなもんだろう。てか何もしてないのにはぐらかすような素振《そぶ》りをする俺がいる。風紀委員の集団なんて普通に考えたら恐怖しかないっつの。

「……」

「待て待て普通に食事を再開するんじゃない」

「ええ……ダメ？」

「そこは普通〝相席は良いか〟と頼《たの》み込むところだろう」

「いや面子《メンツ》。面子がヤバくないすか」

四ノ宮凛《しのみやりん》先輩、稲富《いなとみ》ゆゆ先輩、もう一人の女子生徒も漏れなく腕に〝風紀〟の腕章《わんしょう》を装備している。それってこんな昼の時間も付けてなきゃダメなん？　麻痺《まひ》・毒耐性《たいせい》が付くとか？　だったら俺も欲《ほ》しいんだけど。

「こんにちは！　佐城くん！」

「あ、はい。こんにち――え？」

そんな面子の中の一人、小柄《こがら》で大きな赤いリボンの目立つ小動物のような女の子が元気良く俺に手を振った。こら、子供が勝手に高校に入っちゃいけま――あ、ちょ、四ノ宮先輩？　腕掴《うでつか》む力強くないすか？　ごめんなさい。

だがしかし、何度見直してもその少女は稲富先輩だった。気丈《きじょう》にというよりは、それはもう嬉《うれ》しそうに俺に対してにこやかな顔を向けている。え、そんなに俺に会えて嬉しいの？

「ちょっと先輩？　誰ですかあの天使」

「訂正《ていせい》しろ、大天使だ」

「あの……目がマジなんですが」

たった数日の間に稲富先輩は進化したようだ。キラキラポワポワした感じがもうひたすらキラキラキラとしている。何というか頭撫《な》でたいというより撫でられたい感じになっている。一周回って撫でてみたい気持ちもあるけど。

「佐城くん！　一緒に食べましょうよ！」

「え、え？」

「佐城、ゆゆもそう言っている。わかってるな？」

「あ、はい」

何なのこの連携《れんけい》……アタッカーとサポーターのコンビネーションが異常なんだけど。あっという間に捕獲《ほかく》されて――え、ちょっと待って……もしかして俺いま女子三人に迎《むか》え入《い》れられてる？　待ってそう考えたら凄《すご》いアガッて来た。満足度ハンパない、あの栄養バーってそんな恩恵《おんけい》あんの？

「佐城くんは何を食べてるんですかぁ？」

「あの、コンビニで買った菓子パンとかを少々……」

「もぉ！　ちゃんと健康に良いもの食べないとダメですよ！」

「あ、はい」

四ノ宮先輩の横に座り、先輩女子三人と相席となった。何だろう……料理とは別の良い匂《にお》いがする。俺の今年の運がガッシガッシ削《けず》られて行くのが分かる。残量が心配だ。でも幸せ……。

とはいえこれは困惑せざるを得ない状況だ。ついこの間までおどおどしてた少女が快晴の青空を想起させるような笑顔《えがお》で喋《しゃべ》り倒しているからだ。少女ってか、先輩だけど。

一体何が起こった……どうやったらあんなに怯《おび》えてた子がこんな明るくなれるんだ？

まるで夏川が視界に入った瞬間にテンションぶち上がる俺みたいな……ハッ！　ま、まさか……!?

「彼氏《かれし》――」

「そんなわけあるか」

「みみみ耳みッ……⁉　取れる取れる取れるッ‼」

早《はえ》ぇっすわ先輩。俺の耳伸びてない？　ヤだよ片方だけエルフみたいな形になるなんて。

強烈《きょうれつ》に引っ張られて「お〜イテテ」となってると、稲富先輩の隣《となり》に座る初対面の先輩と目が合った。

「――そんなわけあるか」

「や、分かりました、分かりましたから……」

稲富先輩、思ったより溺愛《できあい》されてる説。まさか初対面のお姉さん先輩に敵意を向けられるとは思わなかった。何なら最初から警戒されてる。まぁそんな女子も居るかと思ってたら、この人も稲富先輩絡《がら》みでめんどくさいタイプらしい。

「あっ……佐城くんは綾《あや》ちゃんと会うの初めてだよねっ。三田《みた》綾乃《あやの》ちゃんだよっ！　私の幼馴染《おさななじみ》なの！」

「彼女《かのじょ》はゆゆをここまで立派に育て上げた優秀《ゆうしゅう》な後輩なんだ。ゆゆと同じく風紀委員に属している」

「はぁ、宜《よろ》しくお願いします」

「……宜しく」

何とも素っ気ない態度だ。稲富先輩の謎の友好的な態度が仇《あだ》になってるかもしれない。知らない内に大事な幼馴染が苦手なはずの男子に友好的な態度をとってたらそりゃ何だコイツってなるわな。俺がその立場ならもう即《そく》校舎裏だわ。

「もう綾ちゃん！　何だか素っ気ないよ！」

「そ、そんな事ない！」

「えー、何だか冷たいよー」

稲富先輩が三田先輩を窘《たしな》める。何とも違和感《いわかん》のある構図だ。小さい子に怒《おこ》られてしょげる女子高生のように見える。後者は合ってんのにな。

幼馴染コンビが言い合ってるうちに、四ノ宮先輩にこっそり話しかける。

「あの……稲富先輩って男子が苦手じゃなかったんですか？」

「苦手だよ、今もな。でも……たぶん君は特別なんだろう」

「は？　と、特別……？　俺が？」

「——ほら綾ちゃん！　もう一回！」

コソコソ話してると、稲富先輩が三田先輩の腕を掴んで俺と向き合わせた。わぁ、満面の貼《は》り付《つ》けたような笑み！　口元がピクピク動いてる！　すっごーい!!　あとでぶん殴られそーう!!

「み、三田綾乃です！　宜しくねっ……！」

「いや無理しなくて良いっすよそんな……」

「ゆゆの為《ため》なの！　言っとくけど君の為じゃないんだからね！」

「もう綾ちゃん！」

「うっ……」

「稲富先輩も……俺そんな気にしないですから」

伊達《だて》にキモいと扱《あつか》われてここまで来ていない。俺の潜《くぐ》り抜けて来た罵声《あらし》の中は過酷極《かこくきわ》まりなかった。だがそのおかげで今！　もはや俺はそれを気持ち良いとさえ感じる時が有ったり無かったり！　無かったら良いな！

「いーい！　ゆゆ！　男っていうのはゆゆみたいな可愛《かわい》い子を変な目で見る変態ばかりなの！　もっと警戒しないと駄目《だめ》なんだからね！」

「さ、佐城くんはそんな子じゃないもん！」

「そうだぞ、チキンなんだ佐城は」

「あのぅ？　真横からいきなりぶっ刺してくんのやめてくんないすか？」

びっくりしたわ。崖《がけ》からいきなり突き落《お》とされたような気分。まさか横で保護者面してた四ノ宮先輩が長槍を隠《かく》し持《も》ってるとか思わないじゃん……。

男とは何か。それを先輩女子三人が男の俺の前で熱く語り合っている。稲富先輩だけ俺の事に限定して語ってるのがやけに小っ恥《ぱ》ずかしい。てか、んな何度も会ったこと無いはずなんだけどな……。

そんな平和な居心地の悪い時間が続き、解散する頃《ころ》には何かもう俺の色んなもんが縮こまっていた。男語りする女子怖《こわ》い……こっちが女性恐怖症《きょうふしょう》になっちゃいそうだ。姦《かしま》しく騒《さわ》ぎながら食膳《しょくぜん》を返しに行く三人を眺《なが》める。色んな意味でやっぱ大人だったわ。何だかOLの世界を垣間見《かいまみ》た気がする。たった一、二年の歳《とし》の差であんな風になるもんなんだな。

そんな大人のお姉さん達《たち》をボーッと眺めていると、一足先に戻《もど》って来た四ノ宮先輩が俺を見てニヤニヤとしていた。

「……何すか」

「どんな気分だ？　ゆゆの成長ぶりを見て」

「摩訶不思議《まかふしぎ》ですね。女性向けのVRシミュレーションゲームでもさせたんですか？」

「なに、そんな手段が……いやいやそんな事はさせていないよ。ゆゆは私の嫁《よめ》だ」

「三田先輩は？」

「お母様」

「まさかの」

そういえば稲富先輩を育てた云々《うんぬん》みたいな事言ってたな。まさか稲富先輩と同い年の後輩を恋人の母と見立ててましたか。伊達にたゆんたゆんしてないということか……いやそもそも恋人じゃないでしょうがこんっ馬鹿ちんが！　イチャイチャする時は俺の前で宜しくお願いしますねっ！

変な関係性だよと思いつつ、会った時からずっと思っていた疑念を先輩にぶつける。かつて俺が四ノ宮先輩だけにぶつけた、稲富先輩の気に入らない点。

「……稲富先輩に話さなかったんですね」

「ふむ……あの時の放課後での事か。言う必要があったか？」

「別に……でも、俺が稲富先輩の事を良く思ってないと分かっていたはずです。そんな後輩の男子、先輩なら二度と稲富先輩に近付かせないようにすると思いました」

「そんな事するわけないだろう。それに——」

見ない振りをしたせいだろうか、あの時の四ノ宮先輩の悩《なや》ましげな表情を思い出せない。でも思い出す必要なんて無いほどに、先輩は優《やさ》しく笑って、悩み一つ無さそうな顔で俺を見た。

「ゆゆを変えてくれた恩人を、私は絶対に無下にはしないよ」

「……は？　恩人？」

恩人？　何で俺がそんな大袈裟《おおげさ》なものになってんの？　そんなに稲富先輩のために何かをした記憶は無い、ただ適当に返事をして面倒事を避《さ》けようとしただけだ。それなのに、恩人……？

「君が言った通り、確かにゆゆの思い込みには多少の傲慢《ごうまん》さが有ったかもしれない。でもな佐城……必要なのは正しさや合理性じゃなかったんだ。受け入れてくれる存在……苦手な男子にだって良いところはあるのだと、その取《と》っ掛《か》かりを得る事こそがゆゆに必要なものだったんだ」

「取っ掛かり、ですか……」

「あの時の君の相槌《あいづち》やゆゆに直接かけた言葉は表面上のものに過ぎなかったかもしれない。でも、それは遅くともゆゆに自信を与《あた》えるものだった。あれからと言うもの、彼女は階段を駆《か》け上がるかのように調子付いて行ったんだ。聞こえは悪いけどな、過剰《かじょう》なまでに引っ込み思案な彼女にとっては寧《むし》ろ丁度良い傾向《けいこう》だった」

「……」

「過程はどうあれ……そのきっかけをくれたのは佐城、他でもない君なんだよ」

「そんなの、まぐれですよ」

「構わない。それもまた、君が〝余計なお世話〟と称《しょう》した厚意《こうい》が無ければ起こり得なかった」

「……」

爽《さわ》やかさも無い男が人気《ひとけ》の無いところで女子に声をかけたら怯えられる。その考えは今でも変わらないし、同じ過《あやま》ちは二度と繰《く》り返すまいと思っている。もし同じように重そうに荷物を運んでいる女子生徒が一人で居たとしても、たぶん知り合いでもない限り見て見ぬ振りをすると思う。

「もう、同じように声をかける事は無いと思いますよ？」

「それも構わないよ。別にそれで悪い事が起こるわけじゃ無い。今回は、ただ良い事が起こったんだ」

「まぁ……結果的にはそうなんでしょうね」

男子が恐《こわ》い……下手すりゃ教師でも呼ばれる可能性もあったんだろう。あの場面で悪い事が起こるとすれば間違《まちが》い無《な》く俺の方だったわ。もしかしたら稲富先輩より俺の方がラッキーだったのかもしれない。

「自信を持て佐城。君はゆゆだけでなくこの私の悩みさえ解決したのだからな」

「俺なんかしましたっけ？」

「君の言った通り、悩む後輩に『気にするな』と肩《かた》をポンとしたんだ。そしたらゆゆがな

「『もうッ……！』って」

……ゆゆが嬉しそうにしな垂れかかって来てもう、もうッ……！」

赤リボン少女を撫でくり回してる先輩が思《おも》い浮《う》かぶ。想像しただけで鼻の付け根がツーンとして来た。これはマズイですね……お礼言ってるとこすんません、ちょっと上向いて良いですか。

「………因果なものだな」

「何すかその大河ドラマみたいなセリフは」

「いやなに、君がまさかあの楓《かえで》の弟だとは思っていなかったんだ。まさかと思って尋《たず》ねてみたらびっくりしたよ」

「……！　やっぱり、姉貴とは知り合いなんですね」

「一年のド頭からの知り合いだよ。あの頃のアイツには私も手を焼かされたぞ」

二年前の姉貴……入学して次の日には金髪《きんぱつ》に染め、ギャルデビューに乗り出していたあの頃か。俺も夢や理想に取り憑《と》かれていた時期だったとは言え、あの姉貴を最初に見た時はマジかコイツと思ったもんだ。

「あー……あの時代っすね」

「あぁ、弟の君なら知ってるか。まったく見ていられなくてな……今のアイツに軌道《きどう》修正するためにどれだけの労力と時間を費やしたか憶《おぼ》えていないよ」

「聞きたくないっす。しゃらっぷ」

「くっ……」

姉の黒歴史なんて弱みを握《にぎ》れるとしてもわざわざ聞きたくない。気が付けば謎の拒絶《きよぜつ》反応が働いて耳を塞《ふさ》いでその場から逃《に》げ出《だ》していた。後ろからせせら笑う四ノ宮先輩の声が妙に頭の奥まで響《ひび》き渡《わた》る。

「またな！　渉《わたる》！」

やめて！　急に心の距離《きより》詰《つ》めないで！　アタシ爆発《ばくはつ》しちゃう！　ファイナルエクスプロージョン！

自信を持てと言われても困る。そう、俺は別に自信を失くしたんじゃなくて過剰な自信を捨てただけなんだ。そこんとこ勘違《かんちが》いされちゃ困るぜ凛先輩！　やだ、アタシの心歩み寄ってる!?

大人のお姉さん、超怖《ちようこわ》い。

3章 ❤ ❤絡まる感情

「佐々木《ささき》……？　何で頭抱《かか》え込んでんの？」

「誰《だれ》のせいだと思ってんだ……」

　授業の合間、トイレに行って帰って来ると視界の中に何か深刻そうにした奴を見つけた。頭を抱え、机の上に上半身を投げ出している。

　ちょっと待って、誰のせいってもしかして俺のせい？　いやいやどういう事よ。コイツに降《ふ》り掛かるトラブルなんて大抵《たいてい》ブラコンの妹関連の――ん？　佐々木の妹……？

『お写真ありがとうございます。私も幼女になります』

「――あ」

　……あれか？　佐々木が我《わ》が物顔《ものがお》で愛莉《あいり》ちゃん自慢《じまん》をしてきたときに有希《ゆき》ちゃんにチクったときのあれか？　まさかの突然変異宣言《メタモルフォーゼ》にお兄ちゃんのお友達びっくりしちゃったよ。いやぁ、まさかね！　ハッハッハ！

「……有希ちゃんどうなったん？」

「ランドセルを――いや、なんでもない」

「衝撃《しょうげき》の五文字が聞こえたんだけど？」

佐々木有希ちゃん（十四歳）。思い浮かぶほとんどが佐々木の腕《うで》に微笑《ほほえ》み顔《がお》で絡みついてる光景ばかりだ。前に佐々木ん家《ち》に遊びに行ったときに山崎《やまざき》共々メッセージＩＤを訊かれたときは嬉しかったけど、まさか佐々木の学校での様子を報告してくれとしっかり依頼《いらい》されるとは思わなかった。だとしても自分の妹だったらって思うと可愛いもんだけどな……どんな性格でも甘《あま》えられたら可愛いんじゃないの？　実の兄だとやっぱ俺とは見え方が違《ちが》うんだろうな。

「夏川《なつかわ》の妹に浮気《うわき》するからだバーカ」

「違うわ！　俺は愛莉ちゃんじゃなくてッ――――あ……」

「……」

まあまあなトーンで言いかけた言葉を慌てて噤《つぐ》む佐々木。その理由は直ぐに理解できた。理解できたし、やっぱり胸の奥《おく》がスッと冷えるのを感じた。とはいえその胸の内のありのままを曝《さら》け出そうとは思わない。

「…………そうか」

「〝そうか〟って、お前……」

「とやかく言ったりはしねぇよ。寧ろ惚《ほ》れない奴なんてこの世に存在すんの？」

「や、それは知らねぇけど……でもお前が」

「決めるのは当人の問題だろ。お前が何か行動を起こしたとして、それを評価するのは夏川だ。俺にそれを邪魔《じゃま》する権利は無ぇよ。超冷《ちょうつめ》たくは当たるけどな」

「冷たく当たるのかよ」

「嫌《いや》なもんは嫌だからな」

激推《げきお》ししてたアイドルに男の影《かげ》が突然見えたら嫌だろ。目の前にその影の本体が居るなら真正面からお前が嫌《きら》いだとぶつけてやる。そのまま一切《いっさい》話さなくなったって構わない。会って話したってたぶん永遠に気まずさ感じるだけだしな。

「佐城《さじょう》、俺は本気で狙《ねら》うぞ」

「なに熱くなってんだよ」

「……………」

俺が冷たくする前に佐々木は席を立って教室から出て行った。すれ違いざま自信に満ち溢《あふ》れた目を向けられたのが強く胸に焼き付いた。何がムカつくってその一連の動作の何もかもがイケメンな事だよチクショー。顔が整ってるだけであんな仕草でさえ決まってるように見えちゃうのは何故《なぜ》？　やっぱオシャレって結局〝誰がするか〟なんだよなぁ……。

意外なのはアイツが俺を露骨《ろこつ》にライバルっぽく見て来た事だ。佐々木みたいに爽やかな顔した奴のライバルってもっとイケメンな奴なんじゃないの？　俺みたいなのを目の敵にしたところで俺がフルボッコにされるだけなんですけどやめてくんねぇかな……。

「佐々木……か」

夏川を人気者にせんがためプロデュース大作戦を勝手に宣言した時からこんな日が来るんじゃないかと思っていた。かつて夏川に付き纏《まと》っていた俺はそれなりに体《てい》の良い男避《おとこよ》けの役割も果たしていたというわけだ。その男避けが無くなった今、あんなに可愛さを振り撒《ま》く夏川を周囲の男が放っておくとは思えない。全《すべ》てはあの時から予感していた事なんだ。

俺自身、佐々木を認めているかどうかなんてよく分からない。山崎と二人で小悪党よろしく「イケメンこの野郎《やろう》」と突《つ》っかかってふざけ合って来た仲だ。周囲の女子に「うるさい」なんて言われて黙《だま》り込んじゃうまでがいつもの流れ。あれ？　何も太刀打《たちう》ち出来てなくね？　つかバスケ部高身長の山崎が何でこっち側なん？

夏川のような高嶺《たかね》の花《はな》とどうこうなろうなんてもう思い上がりはしない。だけどどうせ自分じゃないなら「ハハッ、そらそうだわ」と言えるくらいの男とくっ付いてほしい。だからこそ佐々木がそのつもりなら俺は確かめる。容姿はイケメンのアイツが、本当に男としてイケメンなのかどうか。あそこまで妹に好かれてる時点で悪い奴じゃないんだろうけど、精々端《はし》っこから見極《みきわ》めさせてもらうとしよう。

◆

そんなのどうでも良いや。佐々木？　誰それ？

目の前でもじもじする夏川を見て思う。昇降口《しょうこうぐち》の靴箱《くつばこ》前で不意に袖《そで》を摘《つ》ままれ、振り返ってみると女神《めがみ》というか何というか……もはや言葉で言い表しようの無い可愛いのが居た。ごめん、佐々木よりもこの方どなたですか？

俺の決意なんてそぼろと同じだった。何か知らんうちにポロポロポロポロとこぼれやがる。佐々木が超《ちょう》どーでもよく感じる。残念だったな夏川、そんな攻撃《こうげき》効かねぇよ、俺はゴム人間だからな、鼻の下だけ。でへへ。

「えっと……いったいどうし可愛い」

「か、可愛くないっ」

言葉の途中《とちゅう》でプイッとそっぽを向かれその仕草にズキュン。会話のキャッチボールでボールをキャッチした瞬間にグローブを投げ捨てて球場のど真ん中に走り出して狂《くる》ったように叫《さけ》ぶほど可愛かった。もっと自制心持ってくれよ……少し拗《す》ねたように叩かれた部分から花が咲《さ》きそうだ。やがて俺は森の妖精《ようせい》に――――は？　マンドレイクじゃねぇし。

　夏川は摘んだ袖を離《はな》そうとしない。もうヤバい。俺の全神経がそこに注がれてる。頭が全然働かねぇ。夏川の顔は俯《うつむ》いててよく見えない。そもそも夏川ってこんなに小《ち》っちゃかったっけ？　芦田《あしだ》と並んでもそんな凸凹《でこぼこ》コンビには見えなかったけど……。

　夏川の顔を覗《のぞ》き込まんとかがむついでに問いかける。

「……えっと？　妹ちゃんの件だっけ……？」

「あ、愛莉よ……覚えて……」

「ひゃ、ひゃい」

　俺は今まで姉貴から幾度《いくど》と無い攻撃を受けて来た。その全てに耐《た》えて今の俺がある。しかしこれは何だ？　殺傷力は限り無く低いというのに今まさに俺は死にそうになっている。浄化《じょうか》されて消えてなくなりそう。紅潮した顔で見上げられたくらいで何でそうなるの？　夏川が女神だから？　え、つか俺アンデッドだったの？

　愛莉ちゃんに絶対に会わせないと断言してからの掌返《てのひらがえ》しだ、流石《さすが》の夏川もかなりの気まずさと気恥《きは》ずかしさがあるに違いない。ほっぺた触《さわ》ったら怒るかな……怒るよな……何なら通報されちゃうよな……ホカホカしてそう……。

「えっと……いつになるとかの話だったり？」

「……」

夏川はコクリと頷《うなず》き、俺の袖から手を離したと思えばまた直ぐに同じところを摘まんだ。かと言えばまた離して、凄く躊躇《ためら》った様子でまた摘まもうとして、やめてその手をおろした。結婚《けっこん》しよう。

……まぁ、とりあえず何とか気持ちは汲《く》み取れそう。芦田が言ってたのが嘘《うそ》じゃないなら、夏川は俺を同じ居場所《グループ》の一人としているらしい。だけどそれはあくまで芦田の主観であって、俺が夏川を見てる限りじゃそれを認めたくないという感じがうかがえる。

原因は俺と夏川が異性として意識し合っているからだ。俺は恋愛《れんあい》感情を、夏川は俺という男への嫌悪《けんお》感を。だけど芦田はそこに焦点《しょうてん》を当てていない。たぶんアイツが言ってるのはもっと違う、仲間としての関係性のようなものだ。

男女に友情は成立する。実際俺と芦田はそんな感じだし、それを否定してしまえば、周囲で男女複数人のグループはどんだけ複雑な関係性なんだよって思わざるを得ない。まぁ、そんな奴らもお互《たが》いを意識し合わないようにしてる関係性なのかもしれないけど。だからってそこに在るものを友情じゃないというなら、それは一体何なんだ。闇《やみ》が深すぎんだろ。もうそれも友情なんだよ。

芦田は繰り返し俺の事を夏川の居場所の一つなんだと言った。んでもって夏川は俺の〝異性〟という部分を拒絶しながらも愛莉ちゃんを介《かい》してどこか納得《なっとく》できない感情を消化できずにいる。それは夏川自身が行動で示しているところで、これだけの材料が揃《そろ》ってるなら芦田の言った事も強《あなが》ち間違っちゃいないんだろう。

だったら、夏川のもどかしい感情を拭《ぬぐ》うために俺に出来ることは――男でもなく、異性でもない〝佐城渉《わたる》〟としてそれを吐《は》き出しやすいような受け皿になることだ。

「……なぁ、別に気にしてないから」

「え……」

「今まで愛莉ちゃんと会わせようとしなかったこと。気にしてるだろ？　そこ安心してもよし、怒ってもよし。嫌われても――どうせフラれてる。」

「べ、別に気にしてなんかッ――」

「無理だって。みんなわかっちゃうから、今の夏川」

「あ、う……」

俺だからわかるとかじゃない、その辺の奴でも今の夏川がおかしい事くらい直ぐに気付くだろう。もうそのくらい可愛い。ぶっちゃけ今の夏川誰にも見せたくない。あれ？　無意識に俺の欲望にじみ出てる……？

「会えるんなら会いたいし、俺は大歓迎《だいかんげい》だから。いつでも良いから、夏川のやりたいようにすりゃ良いよ」

「ぁ……」

ホントは初めて写真を見た時から会いたいと思ってました。いや幼女に向かって何考えてんの俺《おれ》……初めてのお見合いにうきうきしちゃう三十代独身かよ。もう他人《ひと》の妹のこと幼女って言った時点でアウトだよな。まぁ、山崎あたりと仲良くやれてるくらいだから俺はそんなもんなんだろう。

「──しょ、しょうがないわね！　そ、そこまで言うなら紹介《しょうかい》してあげない事もないわっ！」

「おお」

そうだ、その調子だ夏川。それなら言えるだろ、天邪鬼な自分を責めずに済むだろ。それなら自分の気持ちに素直《すなお》になれるだろ。それなら俺の事を気に掛け続ける必要もなくなるだろ。夏川を好きな男として──いや、俺はファンとして夏川には笑っていてほしいんだ。それこそが我が幸福。そのためなら多少のもどかしさなんて俺が呑《の》み込んでやる。だから、ここは邪念《じゃねん》を全て捨てて──

「──ありがとな、夏川」

「う……」

ほぉら、これで夏川も変に気にする事無く――って、何で口元押《お》さえてぷるぷる震《ふる》えてんの？　え、笑ってる？　そんなに俺の顔おかしかった？　確かに変顔に関して本気出したら福笑いの神様も黙ってないだろうよ。でも今のは真面目《まじめ》にですね……いやそんな赤くなるほど――やだ何ちょっと、可愛いじゃない。あ、邪念が――。

4章 女神と天使と魔王城

「だ、だからっ……！　ア、アンタさえ良かったら――――」

身を引き裂《ひ》《さ》かれる思いで邪念を殺し、上履《うわば》きシューズを履《は》き替《か》えようとしたところで手に取ったローファーを落とした。思ったより遠くに転がってそれを取りに行くっていう何ともカッコ悪い姿を見られた。

「――え？」

あの、夏川《なつかわ》さん……今日っすか……マジすか……。

何とも急な話――や、実は別に急でもないのか？　夏川が俺だけ連れてくって可能性を完全に潰《つぶ》してたわ。少なくともまさか今日って事ぁねぇだろと思ってた。

「え……うん？　何か準備するとか言ってなかったっけ？」

「そ、それはっ…………こ、心の準備」

「可愛い」

「かっ、可愛いとか言うなばかっ！」

「いやごめんリビドーが」

「……前に圭《けい》も言ってたけど何なのよそれ……」

え、芦田《あしだ》も言ってたの……？　芦田が夏川にリビドーを感じた？　もしかして俺って芦田のライバルだったたって事？　やだすっごい百合《ゆり》の香《かお》りがしてきた。もう俺なんか引っ込むんで心置きなくリビドー感じちゃってくださいい大好物です。あとできれば俺の前で。や、もう贅沢《ぜいたく》なんて言わねぇし言えねぇよ。よく考えたら夏川が俺と接してくれるってだけでもうこの上ない幸せなんだから。握手会《あくしゅかい》のチケットはどこで手に入りますか。

……え、じゃあなに、俺今から夏川の家に行くの？　ヤバくね？　それヤバくね？　芦田の言ってたヤバさってそういう事？　めっちゃヤバいんだけど。何か菓子《かし》折《お》りとかそういうの——愛莉《あいり》ちゃん、えっと……ハリボー？

◆

帰り道が懐《なつ》かしく感じる。ついこの間までの事なのにそんな感想が強く湧《わ》いた。四月からこの道を夏川と何回一緒《いっしょ》に帰った事だろう。俺ただ追いかけてただけなんだけどね。ハハッ。

　さて、あの頃と違う点としては夏川が俺の前をスタスタと歩くんじゃなくて、俺の横に位置してる事だ。何とも面映《おもは》ゆいものである。

「なぁ、夏川」

「な、なに」

「思ったより緊張《きんちょう》で死にそう」

「な、何で緊張すんのよ！」

「夏川と二人っきりだからだよ」

「なっ、な……!?」

「や、解らない？　見てみろ俺の脚《あし》、もうガックガクなんだけど」

「……震えてる」

　わざわざ言わなくて良いから。キミ、俺がアナタの事どう思ってるか知ってるよね？　解るかな今のこの気持ち……天国に居るけど拷問《ごうもん》受けてる感じなんだよね。お腹《なか》いっぱいのところに大好物だからと巨大《きょだい》ハンバーグを出された感じ。それもこれも当方の心の準備ができていないからと言いますかつまりそういう事でありますす軍曹《ぐんそう》。受け皿なんかやってる場合じゃなかった☆

「そんなに緊張しなくて良いわよ……」

「開き直るわ、もう緊張をパワーに変える」

「そ、そう……」

そう、考えるんだ。これは別に色っぽい展開じゃない。夏川が単に俺を妹ちゃんに紹介するだけ。そうそれだけ。夏川が俺と一緒に帰ってるのは手続きに過ぎないんだ。つまりこの状況《じょうきょう》は事務的なのである。

とはいえ今のこの状況で何を話せば良いのか。俺に家の場所教えて良いのかとか家に上げて大丈夫《だいじょうぶ》なのかとか訊《き》きたいけど、それ訊いちゃうと「じゃあ何で今まで駄目だったん?」って話につながるから駄目だ。たぶん夏川をまた苦しめる。だから、何か別の話題にしよう。

「……妹さんはどんな子なん?　今んとこスマホの写真でしか見たことないからさ。ちなみに俺の姉はゴリラ」

「アンタお姉さんと仲直りしたんでしょうね……」

「したと思う。肉まん口にぶっ込んどいたから」

「何やってんのよ!　お姉さん怒るじゃないっ!」

ぷりぷりと怒る夏川。可愛いんだなこれが。いや本気でぶっ込んだわけじゃないんだけどね。何ならぶっ込まれに行ってたからねあの霊長類《れいちょうるい》。

でもそれが俺ら姉弟《きょうだい》の在り方っつーか？　近況《きんきょう》報告し合ってるみたいなもんだ。タイムラインと同じ。姉弟の家庭なんてどこも同じ感じなんじゃねぇの。

「それで怒って拳《こぶし》で語り合おうとして結局俺が語られるだけなのがスキンシップなんだよ。よく考えりゃ一番腹ん中さらけ出してんの姉貴だろうかんな……向こうはどうか知らんけど」

腹ん中っつーか姉貴が物理的に腹をさらけ出して見せてる男が居るとしたら俺くらいだろうな。あれ他の男からしたらマジでヤバいんじゃね？　夏川で想像したら――やめろ、今はやめろ。何かヤバい空気になりそうだ。

「そ、そうなの？　そんなスキンシップもあるのね……」

「キョーダイ持ってる身としちゃ夏川の先輩《せんぱい》だからな。妹さんに肉まん口にぶっ込まれたら教えてくれ、相談に乗る」

「愛莉がそんな事する日は未来永劫《みらいえいごう》来ないわよ」

いや分からんぞ。幼い子供だって十年も経《た》てば変わるんだ。姉貴だって十年前はゴリラなんかじゃ――あれ、おかしいな……昔から印象変わってねぇや。ブランコで一周しろってすげぇ無茶《むちゃ》な命令されたの思い出した。

「愛莉は……そうね、愛莉は……」

「うん」

「――天使よ」

「うん、夏川が超可愛《ちょうかわい》がってんのは解った」

真剣《マジ》だった。俺は夏川とは別に同様に天使とやらを可愛がる先輩を知っている。その経験あってか夏川の妹に対する心酔《しんすい》具合を察した。まぁあのメチャ可愛《かわ》の画像見る限りだと無理は無いわな。

「それで？　溺愛《できあい》ポイントとかあんの？」

「え？　えっと……私に完全に安心感を持ってくれてるとこ」

「え、わかるもんなの？」

「あのね、抱《だ》き上《あ》げると全部を私に預けるの……全部の力を抜《ぬ》いて、スッて寝《ね》るっていうか」

「……」

んんっ……可愛い！　妹の事になると語気が柔《やわ》らかくなる夏川超可愛い!!　え、俺にこんな優しい顔見せた事ある!?　何年も関《かか》わって来てこんな顔初めて見たんだけどどういうこと!?　もうマジっ……俺今日死ぬんじゃねぇの!?

「……一応言っとくけど、俺に佐々木《ささき》みたいなお兄さん感を期待すんなよ。よく考えたら幼い子供と接した事なんてほとんど無いし」

「あ……そうよね。アンタ、弟だもんね……」

「期待してたん？」

「し、してないわよ！　調子乗るな！」

「それであの、参考までに佐々木はどんな風に接していたのかをですね……」

「……さてはハードル下げようとしてるわね……別に普通《ふつう》にしていればそれで良いわよ」

だって嫌われたくないし……普通にするってどうすりゃ良いの？　今まで普通にしてて
キモいって言われて来てるんですけど。

いやホント、どうすりゃ懐かれるわけ？　初対面の子供と仲良くする方法とか全く浮か
ばないんだけど。ってか大丈夫？　俺の髪《かみ》の色とか初対面の奴《やつ》からしたらたぶん結構ヤン
チャなイメージだと思うんだよね……あ、これヤバいっすね。

「あの、夏川さん……」

「な、何よ」

「……帰ってもいーい？」

「ハ、ハァ⁉　何で今さらそんな事言い出すわけ⁉」

「だって緊張で押し潰されそうなんだもん……」

「〝もん〟とか言うな！　そ、そういうとこだかんね！」

「うっ……」

今まで夏川に何を言われようと傷付かなかったけど、そんな客観的な言い方されると弱い。自尊心が！　俺の自尊心が！　毒霧《どくぎり》ステージのＨＰのようにみるみる減って行く……！

「い、良いから来て！　ここまで来て帰るとか無いんだからね！」

「あ、ちょ……」

腕を掴《つか》まれ、いつも歩く道とは違う道に引っ張られる。この先に夏川の家があるんだろう。おっふ……俺の頭のマッピング機能が勝手にフル稼動《かどう》してやがる。所詮《しょせん》、俺の体はまだ夏川に一途《いちず》という事か。ごめんな、全国の夏川ファンのみんな……俺今日、夏川の家に行く。

「あぁぁぁぁぁ………」

「もうっ、声！　そんなに緊張する事なんか無いわよっ……」

いやまず想《おも》い人《びと》の家に上がり込もうとしてる時点でさ……解るだろ？　解んない？　解ってお願い！　俺の気持ち知ってるでしょ夏川さん……！　嬉《うれ》しいけど嬉しくないの！　怖いの！　鬼ケ島《おにがしま》なの！

終始挙動不審《きょどうふしん》だったらどうしよう……そうなったらもういよいよ夏川とは距離《きょり》を置くし

かないな。だって俺がツラいんだもん…………これか、これがキモいんか。

「夏川……今更《いまさら》だけどよく積極的に男子を家に連れ込めるよな」

「つ、連れ込むとか言い方しないでよ！」

「や、実際ヤバいと思うぜこの状況……」

「うっ……」

っべーな。夏川のためならどんなとこまでも付いて行ける気がしてたけど、思ったより俺の現実的な面がこの稀有《けう》な状況から逃げ出そうとしてるわ。全然黙って付いて行けてねぇじゃん。言葉出る出る。

「…………ど、どこがおかしいのよ」

「……え？」

「に、二年半も一緒に居るじゃない。家に上げることの何がおかしいのよ……別におかしくないじゃない」

「おかしく、ない……？　オカシクナイ、オカシクナイ……」

「え、ええっ……!?」

そうだな……よーく考えたらもうすぐ二年半にもなるか。確かに夏川の言う通りだわ。そんなにつるんで来たんなら別に異性だろうと一人で家に上げるのも違和感《いわかん》はない……のか？

夏川が俺とずっと一緒に居たっていう認識《にんしき》なのがもう驚《おどろ》きだし、心の距離が遠すぎて寧ろ俺の方に〝つるんでた〟って認識が無かったわ。

こうなったらもう耐えるしかない。できる、俺ならできる。緊張で腹痛？　ハハッ、姉貴の鳩尾《みぞおち》パンチの方が百倍痛ぇわ。もってくれよ俺の理性……！　現実逃避《とうひ》三倍だぁぁあぁッ!!

◆

魔王城かよ……。

見た目は普通の一軒家《いっけんや》、のはず。それなのに大きくそびえ立っているように見えるのは何故？　俺が住んでる家は家じゃなくて馬小屋だったの？

「さ、さぁ行くわよ（裏声）」

「愛莉の前でそのキャラ続けないでよね……」

「うぅ……」

「な、何で泣きそうなのよっ」

女の子なりきり作戦は却下《きやつか》された。なら俺にあとできることは何か。そう、諦《あきら》める事である。もう震える脚とか真っ白な頭の中とか受け入れちゃう。もうどうにでもなれ。悟《さと》るわ。来たれ仏陀《ブッダ》。

「そ、そんなに嫌なの……？」

「やっべめっちゃ妹さんに会いたくなって来た。後で抱き締《し》めて良いかな？」

「叩《たた》くわよ」

「ひぃん」

危ねぇ、もう少しでおすわりしそうになった。口ではひぃんだったけど心はキャインだったわ。人って微動《びどう》だにしないまま顔の迫力《はくりよく》増せるんですね。俺が犬だったら尻尾《しつぽ》垂らしてたわ。くぅん。

「もうっ、早く行こっ！」

「うへっ、わ、わかったわかったから……！」

夏川って実は肉食系だったりしないよね？　これ端《はた》から見たら男を家に連れ込んでるぜ。そんな大役をお任せいただき光栄に思います。ところで俺のこの抑《おさ》えきれない衝動《しようどう》はどうすれば良いでしょうか。海。後で一人で海に行こう。

「こ、こっそり入ってよね」

「え、そういう感じで行くの？」

「お母さんにバレるじゃないっ」

「お母様ご在宅でしたか」

外行きの面を極《きわ》めた営業マンの生霊《せいれい》みたいのが俺に乗り移った。ナイス判断だ俺。万が一の時はこれで行こう。ってかお母さんに俺バレちゃダメなん？　普通に挨拶《あいさつ》くらいするけど。菓子折りとか無いけど。見せたくないとか？　え？　違うよね……？

こそこそし出す夏川の後ろを同じ様に付いて行く。大丈夫これ？　バレたときに今からやましいことしようとしてる感じに映らない？

「……！」

夏川が玄関《げんかん》の扉《とびら》を開け、入っていったのを機に俺も突入《とつにゅう》する。こ、これは……！　普段《ふだん》夏川からうっすらと漂《ただよ》う甘い香り！

え、ヤバない？　家の中の空気全体がもう夏川なんだけど。夏川家なんだから当たり前か。当たり前なんだけどちょっと思春期の男子には刺激《しげき》がエグいんですけど。あるよね人ん家の匂《にお》いって。野郎どもの家にゲームしに行った事しかねぇから全然意識してなかったわ……抑えろ、抑えろ俺……！　正念場だぞッ……！

頭を切《き》り替えよう。ミッション開始、これより夏川家の者にバレないように妹御《いもうとご》との邂《かい》逅《こう》を果たす。制限時間は佐城《さじょう》家の晩飯時。

「──あー！　おねぇちゃん！」

「あ、愛莉っ……！」

「ミッションコンプリート！　直ちにこの場から離脱《りだつ》する！」

「ちょ、どこ行くのよ！」

リビングに繋《つな》がるであろうドアから顔を出した五歳《さい》くらいの女の子。真ん中に透明《とうめい》のガラス板が嵌《は》め込まれているお洒落《しゃれ》なタイプのため向こう側が見える。その先に、明らかに夏川の御母堂《ごぼどう》であろうお姿が見えた。ミッションは失敗したも同然である。

だからこの手を離してくださいませんか夏川さん。バレるし、何より血圧上昇《じょうしょう》が止まりませぬ。

「おねぇちゃん！　──と、だぁれ？」

「佐城渉《わたる》と申します。宜《よろ》しくお願いします愛莉さん」

「外向きの挨拶しないでよ……」

乗り憑《うつ》れ営業マンの生霊。俺は優《やさ》しいお兄さん。子供の扱《あつか》いに慣れていて余裕《よゆう》ある振《ふ》る舞《ま》いが超得意《ちょうとくい》なんです──妹も何人か居るんですよ？　画面の向こう側に。

なんて脳内暴走していると、愛莉ちゃんが後ろから抱き上げられた。思ったより早いお母様の登場に思わず身体《からだ》が固まってしまう。

「――あら？　また学校のお友達連れて来たの愛華《あいか》？」

「う、うん」

「あ、どうも。佐城って言います、初めまして」

お、おお……思ったよりサクッと挨拶できるもんだな。やっぱ社交辞令って出る時は出るんだよ。やればできるじゃねぇか俺。

ホッとして改めて夏川のお母さんを見る。ご令嬢《れいじょう》に面影《おもかげ》のある顔だ。優しそうというよりはちょっと生真面目《きまじめ》そうな印象を受ける。

「佐城くんね。宜しく――って、え？　その男の子だけ？」

「うっ……う、うん」

「あ、あら……それならもしかして今日は愛華の部屋だったり？」

「ちょ、ちょっと待ってお母さん勘違《かんちが》いしてない⁉　子供部屋！　子供部屋だから！」

「そ、そう？」

ああ、居るわこんなお母さん。娘《むすめ》と同年代みたいな感じで話す感じの。普通に動揺《どうよう》してくれてちょっとホッとした。夏川のお母さんだから何か完全無欠の余裕しか無いですよって感じの人かと思ってた。デキる女社長系の人じゃなくて良かった……ていうか俺のこと

知られてなくて良かったわ。迷惑《めいわく》かけてたのを知られていたらと思うとゾッとする。

「じー」

おっほ超見られてら。愛莉ちゃんめっちゃガン見してくんじゃん。改めて見ると超可愛《かわい》い、天使だわ。お目目くりくりしてて夏川がデレデレになるのもわかる、やっぱ妹って最高だね、俺もこんな妹が欲《ほ》しかったわ。家帰ったら画面ぶち破ろう。

◆

「そ、その……お母さんがごめん」

「むしろ俺が来ちゃってごめん」

「それは良いのっ」

「可愛っ——んんっ」

「ちょ、ちょっと！　愛莉の前でやめてよ！」

そ、そうだった。妹の事になると夏川ってマジになるんだったな。流石《さすが》にそういうのは控《ひか》えなければ。俺の衝動が抑えられたら良いけど……。

通されたのは子供部屋だった。子供向けに柔らかなジョイントマットが敷《し》かれた淡《あわ》くカラフルな部屋で、小さな滑《すべ》り台《だい》やジャングルジムのようなものが置かれている。他にも積み木とか色々。もう何というか凄《すご》く愛されているのがわかる。

部屋の真ん中に置かれた小さな丸テーブルのところに座《すわ》っていると、夏川がお茶を持って来てくれた。

「すげぇ状況だな」

「い、言わないでよっ、意識しないようにしてるんだから」

「……そこまでして会わせたかったん？」

「……」

こんな状況になってでも俺を妹に引き合わせたい夏川。そうでないと夏川が納得ができないと芦田は言う。本人の口からはまだ聴《き》いてないけど、否定もしていなかったし、何より態度に表れている。

「あ」

そんなやり取りをしていると、夏川の側に居た愛莉ちゃんがとことこと此方《こちら》にやって来て、胡座《あぐら》をかく俺の正面に立った。

「………たかぁき？」

「……うん？　たかあき？」

「そ、それはっ……」

お父さんの名前かな？　いや名前で呼ばねぇよな……だとすると別の男の名前になる。

あ、そういや佐々木に懐いたんだったっけこの子。そういや山崎と一緒にアイツん家ちに
ウイイレしに行ったとき母親から〝たかあき〟って呼ばれてた気がする。

「愛莉、このお兄さんはね、〝わたる〟」

「わぁたぁる」

「ふふっ、なぁにその言い方」

「……」

なぁにこの光景……天国？　天国なの？　女神と天使が戯《たわむ》れてるんだけど。俺いつの間
に召《め》された？　そもそも俺が天国で良いんですか？

あまりに眩《まぶ》し過ぎる光景に目を細めてしまう。何か見ちゃいけないものを見ているよう
にすら思える。俺は一体どうしたら良いのだろう……。

「ほら、渉も自己紹介《しょうかい》して？」

「お、おう」

かつてないほど優しい顔を向けて来る夏川。声色《こわいろ》も撫《な》でるような優しいもので、普通に
名前で呼んで来るし何かもう呆然《ぼうぜん》とするしかなかった。え、世のお姉ちゃんってこんな感

じが普通なの？　俺が戸惑《とまど》ってんのがおかしいのかな……いや違ぇわ、俺の姉貴がおかしいんですね。

「……名前だと言いづらいんじゃね？　愛莉ちゃん、〝さじょー〟」

「さじょー」

「そう、さじょー」

「さじょー！」

「さじょー！」

「アンタが幼くならなくて良いから……」

しまったイケナイ願望がつい。弟属性の俺としては夏川の姉属性に惹《ひ》かれてしまうんだろうな。無意識に幼児退行しかけてたぜ。もう諦めた、俺は変態。膝枕《ひざまくら》された過ぎてヤバい。

愛莉ちゃんは何が楽しいのか〝さじょー〟って叫びながらウル〇ラマンのように片手を突き上げている。覚えてくれたようで何より。我ながら語呂《ごろ》の良い名字だとは思う。

「さじょー！　へんなあたま！」

「ちょっと髪《かみ》染めて来る」

「今はやめなさい」

俺の髪のツートンカラーが変だと……！　知ってた。いい加減この髪どうにかしないとなぁ……別に放置しても良いんだけど。今はあんまりこだわりとか無いし。でもこの茶髪《ちゃぱつ》と混ざった感じは何か汚《きたな》いよなぁ。

「さじょー！　抱っこ！」

「えっ」

「抱っこ！」

だ、抱っこ？　抱っこってどうすりゃ良いん？　普通に抱き上げてから……それからどうすんだっけ？　ぐっ……こ、こうなったら抱っこの境地、〝お姫様抱《ひめさまだ》っこ〟というものを……！

「何やってんのよ」

「あ、えっと……」

「立って」

「おお……」

見かねたのか夏川がフォローを出してくれた。言われるがまま立ち上がりとりあえず〝気を付け〟の姿勢で固まる。

「何となく抱っこの形は想像できるでしょ。それで良いからやってみて」

「お、押忍」

「返事は〝はい〟」

「は、はひ」

さすが夏川。お姉ちゃん力が半端《はんぱ》ない。今じゃなかったらもう弟になり切って甘《あま》えてたかもしんない。こんな姉、欲しかった……。

「愛莉ちゃん、抱っこするよ？」

「んー？」

「ファイナルアンサー？」

「解《わか》るわけないでしょ……早くしなさいよ」

「はい」

えっと、どうすりゃ良いんだっけ……。普通に脇《わき》から抱《かか》え上げて自分の胸に乗せるようにして……あ、あれ……？　何かちょっと収まり悪い気が……。

一人でテンパってると、夏川が直《す》ぐに近付いて来てフォローしてくれた。

「いい？　子供の両脚《りょうあし》を自分の右腰《みぎこし》に少しまたがらせるようにして、左腕《ひだりうで》で椅子《いす》を作ってあげるの。右腕《みぎうで》が背もたれね。そうすると安定して、子供にとっても居心地《いごこち》良《よ》い感じになるから」

「お、おお……抱えやすい」

「でしょ？　後は目線の高さを合わせて。愛莉が見上げちゃってる」

「わ、悪《わ》りぃ」

くっと力を入れて愛莉ちゃんを更《さら》に持ち上げる。俺と同じくらいの目線の高さに合わせると、愛莉ちゃんが俺の頭に手を伸《の》ばして髪を触《さわ》り始めた。

「え？　え？　何やってる？」

「髪触ってる。それ……そろそろ染めたら？」

「だな……えっと、夏川的に黒髪《くろかみ》と茶髪どっちが似合うと思う？」

「そ、それは――」

「おねぇちゃんといっしょー！」

「わかった」

「やめて」

夏川とお揃い……悪くない。親近感湧くだろうし、赤茶髪の自分も見てみたい気がする。代償《だいしょう》は心の距離。代償あんのかよ……。

なんでー？　とコテンと首を傾《かし》げる愛莉ちゃん。抱っこ状態でそれをされると破壊力《はかいりょく》が半端ない。めんこいのぅ……姉妹そろって美人さんとか前世でどんだけ善行積んだんだよって感じ。俺とか普通に農民やってそうだわ。

「ねぇねー、いろ。どうやったらかえれるの？」

「大人になったら変えれるようになるんだよ」

「えーずるい」

「大人はズルいんだよ」

「コラ」

「うへ」

余計な一言だったのか夏川に頬《ほお》を引っ張られる。ぐにっと口が横に伸びて喋《しゃべ》りづらくなった。絶対変な顔になってるに違《ちが》いない。でも愛莉ちゃんはけらけらと笑ってる。良い笑《え》顔《がお》だ、夏川の目を盗《ぬす》んで後でこっそり頬《ほ》っぺた引っ張ってやる。

「えへへ、えへへっ」

「にゃふ」

愛莉ちゃんが反対の頬を引っ張りだす。引っ張ってぐにぐにして大層お喜びなされている。変な声を出してみせるとそれはもうキャッキャと笑う。よく笑う子だな、夏川と同じか、それ以上にモテるんだろうな。

「ふふっ、ふふふ」

………えっと？　あの、夏川さん……？　何かあなたも楽しんでません？　全然離《はな》す気配が無いんですけど……。ま、いっか。夏川に触《ふ》れられるとか滅多《めった》に無い機会だし。これが最後と思って痛《イタ》タタタ愛莉ちゃん爪《つめ》、爪がっ！

5章 ♥ ♥変わる距離

女子の家に上がり込む。それは高校生男子にとって夢のような出来事であり、滅多にある様な事じゃない。でもそれは今現実に起こっている事で、俺はここがヘヴンなのではないかと錯覚《さっかく》し始めていた。

そうポヤポヤとハピネスに包まれていたのだが、どうやら俺は子供と遊ぶ事の恐《おそ》ろしさを全く理解していなかったのだ。

「──すすめー！　さじょー！」

「ゼェ……ゼェ……」

「おうま！　おそい！」

「へ、へェ……」

息が持たず返事もままならない。それにも拘《かか》わらず、四《よ》つん這《ば》いの俺の背中の上では五歳の女の子が元気に腕《うで》を突《つ》き上げ、さらに俺の背中をペシペシと叩いていた。子供部屋とやらはそんなに広くない。しかしそこを大人並みの体格が膝《ひざ》を突いてハイハイ走行で周回するにはあまりにも広く感じた。

「ちょ、大丈夫……？」

「だ、だいじょぶ……」

「そんな無理しなくても……」

「へ、へェ……」

最初は懐かれたら良いな、くらいに考えてた。だから夏川《なつかわ》と雑談しつつも少しでも甘えられるような事を言われたらできるだけ全力で応《こた》えたし、飽《あ》きられたら飽きられたでそっとしておいたりしてたんだけど……。

『さじょー!!』

『ん？　おお走ったら危なぐぉっほッ……』

子供は気分屋だった。何かの拍子《ひょうし》にコロッと興味を変えて突然《とつぜん》飛び込んで来る。最初に受け止めた時から「おっほ力強ぇな」なんて楽観的に考えてたけど、そのおかげで飛び込んで大丈夫な奴と判断されてしまったようだ。

「ギ、ギブ……」

「きゃははは」

おうまさん、床《ゆか》に伸びる。背中の妹御《いもうとご》はリフト下降するような動きが面白《おもしろ》かったのか、跨《また》ったままただキャッキャと笑っている。子供の体力は無尽蔵《むじんぞう》って言うけど寧《むし》ろ体力使ってたのほぼ俺《おれ》だったよね……。

「あの……いっつもこんなにハードな遊びやってるのでしょうか……？」

「いや、いつもはおままごととか……」

「あのちょっと愛莉《あいり》さん？」

「なぁにぃ？」

「なぁんでぇ？」

「きもぉい」

「夏川さん」

「わ、私が教えたんじゃないわよ！」

生まれて初めて幼い女の子にキモいって言われた。威力《いりょく》がその辺の女子と段違《だんちが》いなんですけど……なにこの凄いショック。ピュアっピュアな子に言われるとこんなにキツいの？　こんなめげそうになったの初めて……。

「つかれたー」

「疲《つか》れたのは俺だっつーの」

「やだー！」

「何がやねん」

「なにがやねんー！」

くっ……楽しそうにしやがって。ちょっ、髪引っ張らないで。膝立ちは痛いからイタタタタ、あっ、そこぉ……。

「ちょ、アンタいくら何でもそれは……！」

「今ちょっとそれどころじゃないです……」

「ああもうっ……」

ダウンしてうつ伏《ぶ》せ状態になった俺の上でたぶん愛莉ちゃんも真似《まね》をしてるんだろう。背中の上でベタッと張り付いてる感触《かんしょく》がある。端《はた》から見ていて流石にアウトな密着度だったのかもしれない。夏川が焦《あせ》り顔《がお》で何かを言ってきたけど正直俺それどころじゃないんすわ……解るかな？　この運動不足の時に急に運動した時の気持ち悪さ。

背中が軽くなる。夏川が愛莉ちゃんを回収したらしい。まさか女子の家の床にこんな寝そべる事になるとは思わなかった。

「まったくっ」

「ああぅ」

ひょいと持ち上げられ、夏川に抱っこされた妹御。先程《さきほど》までのはしゃぎ様とは一転、大人しくなってきょとんとした顔でこっちを見てきた。さてはこやつ、何も悪いと思ってないな……？

息を整え、うつ伏せのまま横を見てそんな姉妹の様子を眺《なが》める。

「……」

「な、何よ」

「……いや、そんな顔をする夏川が新鮮《しんせん》なんだわ」

「っ……み、見るな」

家庭的な面でいうと、夏川家のことからはずっと遠ざけられて来たからな、もうこっちから考える事も無かった。そのせいかやっぱり夏川は一人っ子の印象が強い。だからこそ、夏川の姉の顔に感動するっつーか……いつもとは別の興奮を覚えるというか（狂）

「——満足できた？」

「え？」

「モヤモヤしてたんだろ？　何か気持ち悪い感じに」

「あ……」

結局、夏川自身の口からは本音を聞くことはできなかったけど、それはたぶん芦田《あしだ》の推理めいた言葉が夏川的に的を射ていたからだろう。それでも、夏川の心が晴れるならそれで良いんだけど……。

「……ま、まだよ」

「えぇ……」

まだだった。結構体力使ったつもりなんだけどな……俺と愛莉ちゃんを引き合わせたただけじゃ気は晴れなかったってこと？　強烈《きょうれつ》に記憶《きおく》に残ったとは思うんだけど。

「――ま、まだ、訊《き》きたい事とか訊けてないし……」

「……え？　訊きたい事？」

え、そんなのもあんの？　愛莉ちゃんが俺を覚えたらそれで良いんじゃないの？　それだけじゃなかったのか。

「例えばどんな？」

「……」

愛莉ちゃんを後ろから抱き締めたまま考える夏川。抱き締められた愛莉ちゃんはこてんと頭を傾げながら「まだ離さないの？」と言いたげな顔で姉を見上げている。元気だな、疲れたって言ってたわりにキミあんまり体力使ってないもんな。

少しすると、夏川は考えが纏《まと》まったのか思い切った顔で質問をぶつけて来た。

「――ひ、昼！　いつも昼休みになったらどこ行ってんの⁉」

「ええ……？　えっと、中庭のベンチで飯食ってたり、席が空いてるようなら食堂で食べたり」

「だ、誰《だれ》と！」

「ぐすん……一人で」

泣き真似して答えると夏川は小声で「そうなんだ……」と呟《つぶや》いた。芦田から聞いてなかったのかな……会話の中のどっかで普通に言ってたと思うんだけど。

疑問に思っていると、夏川は「まだあるぞオラ覚悟《かくご》しとけよ」的な目を向けて来た。よっしゃどんと来いや。

「な、何で一人で食べるの。みんなで食べれば良いじゃない」

「あ？　……あぁそういえば」

デリケートな質問に聞こえるけど別に悲しい理由は無い。何で一人で食い始めたんだっけか……別に友達が居ないからとかじゃないんだよ。確か最初は……夏川から離れて、考え事ばかりで一人で居たかったからだ。自分を見つめ直すための延長線でそうなった。今も一人で食べてる。もともと夏川と（無理やり）一緒《いっしょ》に過ごしてたからなぁ。今さら誰かと一緒にってのは無理があるかもしれない。

「あれだよ、藍沢《あいざわ》が元カレの方に戻《もど》ったやら何やらで気が付いたらって感じ。あ、でも今日は風紀委員の人達と食べたかな。四ノ宮先輩《しのみやせんぱい》に稲富《いなとみ》先輩に……あれ、あの人名前何だったっけ……」

「え……？　し、四ノ宮先輩？　アンタが？」

「え？　うん」

めっちゃ驚いたと言わんばかりの顔。や、でも夏川は俺が直接呼び出しを受けた場面に居合わせていたような……。何かおかしいとこでもあったかな……も、もしかして「アンタみたいなフツメンが関《かか》わるような人間じゃないのよ」とか思ってたり⁉

「な、何で？　どんな関係？」

「え？　偶然《ぐうぜん》食堂で出くわして――どんな関係？　俺とあの人、あーっと……普通に先輩後輩《こうはい》の仲だと思うけど。姉貴の友人だったりもする」

「そ、そうなんだ……」

「おう……」

「……」

「……」

え、えっと？　何だこの気まずい感じの雰囲気《ふんいき》は。何で黙《だま》っちゃうんですか夏川さん！

質問！　次の質問ちょうだい！　こんな沈黙《ちんもく》に耐《た》えられるメンタル持ってないんすわ！

どうしようと考えてると、夏川が何かもの言いたげに顔を上げた。口を動かす瞬間《しゅんかん》を狙《ねら》って耳を澄《す》ます。

「わ、私たちは……？」

「え……？」

「前みたいに……みんなで食べないの？」

「それは、だから……あ、いや」

前にも俺の家で言ったと思うけど——そう続けようとしたけどやめた。あの時の俺の宣言……あれはもっと恋愛《れんあい》的な意味の言葉だった。たぶん、夏川が訊きたいのはそういう事じゃないんだと思う。

男女とかじゃない、友達と言うのも少し違う。俺たちは——グループだ。芦田も含《ふく》めて、夏川はきっと「自分達はいつも集まって仲良く話すグループではなかったのか」と、そう言いたいのだ。

俺もせめてそう在れたらと思う。夏川のように明らかに高嶺《たかね》の花《はな》のような子と同じグループに居るなんて嬉しいし、芦田みたいにぐいぐい話《はな》し掛《か》けてくる女子が側に居るのも悪い気分じゃない。男女とかそういうものを抜《ぬ》きに考えるのは男からしたらつらいものではあるかもしれないけど、それでも間違《まちが》いなく楽しい学校生活を送れるだろう。少なくとも、色々終わって見切りを付けた俺なら期待もないから気兼《きが》ね無《な》く付き合える、と思う。恐らく、たぶん、きっと。たぶん無理。

俺が距離を置くことで変わる何かがある。実際、〝佐城渉《さじょうわたる》〟という騒《さわ》がしい存在を無くした夏川は新しい友達ができた。俺が側に居ると遠ざかる誰かが居る。俺が居ることで、夏川に相応《ふさわ》しい青春が遠ざかってしまう可能性だってある。

その意味じゃ、死ぬほど複雑だけど佐々木《ささき》の恋《こい》を全力で応援《おうえん》するのもアリなのかもしれない。イケメンだしなアイツ。

まぁ、嫌《いや》なんだけどな。

「……」

「ね、ねぇ……なに考え込んでんのよ」

「あ、いや……」

頭の中で色んな考えが巡《めぐ》っている。そうしているうちに黙り込んでしまっていたのか、夏川が不安げな顔で訊いて来た。愛莉ちゃんを放すと、俺に近付いてそっと肩《かた》を揺《ゆ》すって来る。そのせいか、俺の頭の中に巡っていたものは複雑に絡《から》み合《あ》い、遂《つい》には弾《はじ》けてしまった。

——頭の中が、真っ白になった。

「ちょ、ちょっとっ……何とか言ってよ」

「ぁ……っと…………」

口は開くけど声が出ない。何を言えば良いのか分からない。こんなのはいつもの俺じゃない。いつもなら湯水のごとくアホみたいな考えばかりが湧《わ》いていたはずだ。こういう時こそ同じ様にそれを発揮できれば良いものを……。

「むするなー！」

「うわっ⁉」

気まずい空気を切り裂《さ》くように、愛莉ちゃんが身動き取れず固まっていた俺に飛び込んで来た。うつ伏せで腕立ちしていたところを横から押《お》され、ゴロンと転がされて仰向《あおむ》けになる。

「おねぇちゃんをいじめるなぁ……」

「い、いじめてない！　いじめてないから！」

泣きそうな顔で俺を手でてしてしする愛莉ちゃん。マジで泣かれたら堪《たま》らない、とりあえず慌《あわ》てて弁明した。経験した事の無い焦燥《しょうそう》感にさっきとは別の意味でどうして良いか解らなくなる。

夏川を見るとこちらも困惑《こんわく》した顔で愛莉ちゃんを見ていた。心なしかこちらもちょっと目が潤《うる》んでいて――っておいおいおいおいおいッ!!

「こ、今度そっちの方行くわ！　夏川が良ければの話だけどさ！　てか行って良いの!? 大丈夫《だいじょうぶ》!?　ファイナルアンサー!?」

頭ん中ごっちゃごちゃのまま叫《さけ》ぶ。先のことなんて何にも考えてない。未来より今。この状況《じょうきょう》を乗《の》り越《こ》えられなけりゃそもそも俺に未来は無い。え、死ぬの俺……？

こうも調子を狂《くる》わされるのは夏川が〝いつも〟と違うからだ。何なら学校から出た時点でいつもと違う。せっかくならこっちも訊けることは訊いておこう。

「また変に馴《な》れ馴れしくするかもしれねぇよ？　もしかしたら癖《くせ》で変な事言うかもしんないし。それでも良いなら行っちゃうけどよ」

良くなんてない、〝その気〟で来られるのは嫌なはずだ。仲間意識は有ったとしても、異性として好きでもない男にそんな目を向けられるのは気持ち悪いに違いない。その気持ち悪さをずっと夏川に向けて来た。恋で盲目《もうもく》の俺に器用な事なんてできなかったから。

俺が癖付いてしまったように、夏川も反射的に俺を突き放《はな》す癖があるんじゃないか。そして思い出すんだ、追《お》い払《はら》っても追い払っても追いかけて来るストーカーのようなピエロを――。

「――……約束ね？」

「……」

………。

……何が起こった？　まさか夢でも見てんじゃねぇか？

そっと摘《つ》まれた袖《そで》。夏川がどんな理由でそうしたかは解らないけど、少なくとも拒絶《きょぜつ》されたわけじゃないのは解った。

こんな甘酸《あまず》っぱい感じのが本当に俺に起こり得るの？　誰かが仕組んだ事じゃなくて？

甘酸っぱいなんてものじゃない、甘過ぎる。一度味わってしまえば忘れられなくなってしまう――これはもはや毒だ。〝魅惑《みわく》のひととき〟は相手を夢中にさせる。それは幸せな時間なのかもしれないけど、与《あた》える側の気分次第《しだい》で拷問《ごうもん》にもなり得る劇薬のようなものだ。

「ぁ……」

そっと腕を引いて、甘すぎる束縛《そくばく》から逃《のが》れる。それと同時に胸の中で強烈なもの悲しさが生まれたけども、グッと堪《こら》えて無理やり抑《おさ》え付《つ》けた。

落ち着け、佐城渉。これは〝そういう〟状況じゃない。取《と》り憑《つ》かれるな。今までの自分の行動を振り返《かえ》れ。俯瞰《ふかん》しろ、戒《いまし》めろ。

「……任せたまえ」

「な、何よそれ……」

「なによそれー！」

厳《おご》かに発した偉《えら》そうな言い回しに、夏川は少し笑いながら呆《あき》れた表情を浮《う》かべた。超真《ちょうま》面目《じめ》な顔で言ったのが上手《うま》いことハマったのだろう。その様子に安心したのか、愛莉ちゃんも大きな声で夏川の真似をした。こら、人のお腹《なか》をぺちぺちするのはやめなさい。ちょ、こら——

「——だぁーらっしゃあああ！」

「ふわぁぁ……！」

微妙《びみょう》に残った変な空気を切り裂くように立ち上がる。その際に愛莉ちゃんを勢いのまま抱《あ》え上げてやった。夏川直伝《だ》の抱っこが完成すると、愛莉ちゃんはその勢いが楽しかったのかキャッキャと笑い出した。ふぅ……あぁ……可愛い。

「ちょ、乱暴しないでよね！」

「大丈夫、絶対に危険な目に遭《あ》わせないから」

「もうっ……」

おうまさん、あるじ、まもる。

とはいえ乱暴な子には育って欲しくない。ダイナミック抱っこは軽いお仕置きの様なもの……のはずだったんだけど。あんまり人をぽこぽこ叩《たた》いてたら嫌《きら》われちゃうからな。何よりそれは夏川が悲しむからここは年上のお兄さんとして一肌脱《ひとはだぬ》ごう。

「ほぉら、人を叩くとお姉ちゃんが怒《おこ》るぞー」

「やだ」

「俺もやだ。だから叩いちゃダメ」

「うん、わかったさじょー」

「お兄ちゃん」

「さじょー」

「……」

……うん、解ればよし。よく考えたら俺って人の上の立場になった事なんてほとんど無ぇな。こんな俺でも何かを教える事が出来たのなら嬉《うれ》しいもんだ。どうか健《すこ》やかに育って夏川の様に才色兼備《さいしょくけんび》なイタタタタ何で髪《かみ》引っ張るのぉっ……！

「くぉら、髪引っ張らない」

「あう」

ヨイショと抱え直し、その反動で髪から手を遠ざける。ダメだとようやく理解してくれたのか、愛莉ちゃんがそれ以上乱暴する事は無かった。夏川が不安かつ心配そうな顔でこっちを見てたから、愛莉ちゃんを返す。

「はぁ……元気だな」

「そうね……幼稚園《ようちえん》の子に対してだってこんな活発じゃないんだけど。アンタは虐《いじ》めやすいのかもしれないわね」

「それがマジなら俺の本質っぽく聞こえるんでやめてもらっていいですか」

虐めやすいって……そんな悲しい星の下が在って良いんですか……いや！　そんな事は無い！　相手は子供だ！　きっと俺にだってその辺のイケメンより良い意味で好かれる部分だってあるはず！　面白さとか！　でも一応訊いとこうかな！

「愛莉ちゃん、タカアキとどっちがイケメンですか？」

「なに訊いてんのよ……」

「いけめん～？」

「素晴《すば》らしい教育を受けているようですね」

「早くに教えるわけないでしょそんな言葉」

教えられて知る言葉じゃないんですよ……一歩外に出ればそこは喧騒《けんそう》の世界。数多《あまた》の雑学が転がる俗世《ぞくせ》で余計な情報だけ間引く事など普通《ふつう》なら不可能なのです。しかしこの愛莉殿《どの》は一日に最低三回は聞きそうな余計ワードを知らないと言う。何と素晴らしい才媛《さいえん》か！　我《わ》が姉など今こそイケメンに囲まれているものの小さいころからイケメンイケメンとうるさかったぞ！

「タカアキとどっちがカッコいいですか？」

「めげないわねアンタも」

「たかぁき！」

「もっとお勉強しような」

「叩くわよ」

ごめん、つい。

変になった空気だったけど少しはマシになったように思う。俺の程度の低い胸の内を聞いたとこで何か得があるようには思えねぇし。やっぱりこの距離《きょり》感は少しばかり近過ぎるわ。真剣《しんけん》な眼差《まなざ》しで真《ま》っ直ぐ凝視《ぎょうし》なんてされてみろ、俺なんかナメクジみたいに溶《と》けちまうわ。実際、頭ん中がそんな感じにトロトロしちゃうし。

◆

窓から差し込む光が赤くなっている事に気付く。時計を見るとそこそこ良い時間で、今が日の高い季節である事を忘れていた。

「――むぅ～……」

「ふっ……まだまだ甘いな」

「なに言ってんのよ……」

夏川の腕の中で悔《くや》しそうにする愛莉ちゃん。というのも俺とはしゃぎにはしゃぎまくって疲れ果《は》て、今は絶賛睡魔《すいま》に襲《おそ》われているからだ。途中《とちゅう》でもう疲れたのかと挑発的《ちょうはつてき》に言ったらムキになる事いとをかし。高校生男子の体力に付いてける五歳児など存在しないのだよ！　フハハハハッ！

「アンタ、途中この子と精神年齢《ねんれい》同じだったわよ……」

「その方が性に合ってんだよ。佐々木みたいに〝お兄さん〟をやるのは俺じゃ無理だわ」

「その割に疲れてんじゃない……」

途中でぶつかり稽古《げいこ》みたいのが始まったのに端を発した。夏川いわく、愛莉ちゃんは今みたいに誰かに思いっきりぶつかることはあまり無いらしい。お父上様はどうやら簡単に転がされちゃうようで……ってか何でこの子は俺に力で勝とうとするわけ……？

俺は俺でかなり神経遣《つか》わされた。床がジョイントマットとはいえ危ないもんは危ない。受け止めつつ怪我《けが》もさせないようにするのはかなり疲れた。世の中のお父さんっ……！もっと頑張《がんば》ってください！

「……良い時間だし、そろそろお開きかな」

「あ……そ、そうよね」

「なに、『名残惜《なごりお》しい』だって……？」

「い、言ってないわよっ……！」

　知ってた。しゅん。

　芦田が言うように、確かに夏川は何らかのつながりを求めているように思う。そうでなきゃ普通こんな招待なんてないもんな。どうしたものか……どうして今になってこんな状況になってるんだろうな。俺が夏川を恋愛対象以外に見ることなんてほぼ不可能だっていうのに……。

　今日の夏川と関わった一日を振《ふ》り返って何となく困ってしまう。それが顔に出たのか、不思議そうな目を向けられるも、頭を掻《か》いてやり過ごすという典型的な反応をしてしまった。夏川は可愛《かわい》いわ愛莉ちゃんは可愛いわでもう擦《す》り切《き》れる精神すら残ってない気がする。

「…………さじょー……」

「ん……？」

「さじょー……もっかい」

「おー、わかったよ」

愛莉ちゃんは俺の奥義《おうぎ》――ダイナミック抱っこをいたく気に入ったみたいだ。ぶつかり稽古（仮）にしろ、どうにもこの子はスリルが好きらしい。絶対ジェットコースター気に入るよねこの子……早くおっきくなろうな。

夏川が愛莉ちゃんを下ろしつつ「大丈夫……？」と目で問いかけて来たのでとりあえず頷《うなず》いといた。もうね、それだけであと三十回は頑張れる。よたよたと歩いて来る愛莉ちゃんは俺のとこまで来ると「さぁ～」なんて言いながら両手を伸ばして来た。そんな愛莉ちゃんの前にしゃがんで目線を合わせる。

「よし行くぞ――だぁーらっしゃあッせぇい‼」

「きゃー♪」

「居酒屋じゃないんだから……」

眠《ねむ》りかけてたことも忘れるように愛莉ちゃんは楽しそうな声を上げた。今まで経験したこともなかった、か弱い存在。こんなふうに簡単なことで感情さえもコントロールできてしまう危《あや》うさに〝守ってやりたい〟なんて感覚が浮かぶ。これが父性か……。

「うふぅ……」

「あ、電池切れた」

八秒くらいでくたっと力が抜けた妹御殿《いもうとごどの》。ダイナミック抱っこはどうやら「最後に一回だけっ」っていうよくある寂《さび》しさから来たみたいだ。

人間、力が抜けると重くなるって言うのは本当みたいだ。少し油断しただけで愛莉ちゃんは傾《かたむ》いてしまう。胸から伝わる負荷《ふか》にえげつないプレッシャーを感じて怖《こわ》い。動けねぇ……。

「別に、もっと雑に扱《あつか》っても大丈夫よ。落としたら絶対に許さないけど」

「や、わかんないって。もっとしっかり持てってこと？」

「眠ったからって衝撃《しょうげき》与《あた》えちゃダメじゃないってことっ。愛莉は赤ちゃんじゃなくて幼児よ。もう暑い寒いくらいで泣かないし、睡眠《すいみん》の邪魔《じゃま》されたからって泣くような子じゃないわ」

「ふぇぇぇ」

「アンタが泣くなっ」

おっとイケない、夏川の母性に当てられて。

ちっこい妹を持つ姉ってすげぇのな、世話するだけならいつでも母親になれそうじゃん。すっごい大人な対応に感心する。女神《めがみ》女神なんて普段《ふだん》から言ってたけど正直まだ甘く見てたわ。マジで俺的に女神に近付いてる。いやもう何つーの？　こう……神聖な感じ？　こんなふうに誰かを世話するとか俺にはまだまだ遠い話だな。今の俺には到底《とうてい》無理そうだ。

◆

普通に「お邪魔しました」って帰ろうとしたもののそうは問屋が卸《おろ》さないようで……夏川は頑《かたく》なに見送ると言う。そこまでしてくれるとか面映《おもは》ゆいんだけど……。

「いやぁ……改めて夏川の女子力の高さ——女子力？　凄《すご》いんだなって思ったわ。母ちゃんの代わりになれるよなっ」

「ちょ、やめてよ何かキモい」

「ありがとうございます」

「褒《ほ》めてないわよっ」

前からそうだったけど、どんなに邪魔くさいって思ってても夏川は反応してくれるんだよな。その辺もきっと、ずっと距離を置けなかった理由の一つなんだよなぁ……。普通なら無視とかするもんだけど。はぁ……マジ女神……。

「アンタその頭、愛莉とか関係無しにどうにかしたら？　前はもっと気にしてたじゃない」

「悪いな、この頭をどうにかするには小学生からやり直すしかねぇんだ。助けてください」

「中身の話じゃないわよっ……髪の色！」

「あぁコレ」

根元がすっかり黒に染まった茶髪《ちゃぱつ》。ツートンカラーなんてオシャレに誤魔化《ごまか》したものの端から見たら見苦しいみたいだ。確かにな、夏の暑さも相まって何かそういう中途半端《ちゅうとはんぱ》な感じがイライラすんのかもしれねぇな。

「そのうちやっとく」

「っ……まぁ無理強《むりじ》いはしないけど、早くした方が良いわよ？　第一印象とか結構変わってくると思うし」

「帰り薬局寄ります」

何だろう、今日の夏川は独特の強みがあるな。思わず従っちゃうっつーか……。早くしないと大変な事が起こんぞテメェってくらいの迫力《はくりょく》を感じる。ここまで言われて明日染めて来なかったらマイナスポイントをくらいそうだ。

「ちなみに、夏川的には茶髪と黒髪《くろかみ》どっちが良いとかあんの？」

「え、さっき……」

「ありゃ愛莉ちゃんが良いと思う方だからさ」

「ん、んー……」

「おぅっ……!?」

何となく訊いてみると、マジに受け取ったのか夏川は俺に近付いてじろじろと見始めた。俺をマネキンか何かのように見立ててるのか、距離感を気にせずにじっと考えている。いやいや……そういうところなんですよ夏川さん。もう漂《ただよ》って来る香《かお》りががががっ。もっと直感で答えてくれて良いんだけどな。

考えた末、夏川は表情を変えずに答えた。

「──どっちでも良いかも……」

「そりゃねぇぜ」

「あ……で、でも……」

「うん……?」

夏川は視線を泳がすと、少し躊躇《ためら》いがちに言葉を続けた。

「アンタが茶髪だったら、その……あの時声を掛けてなかったかも……」

「なぬ……」

〝あの時〟──二年半前に初めて会った時の事かな? あぁ……そういや出会ってしばらく経《た》った時に言われたな、「もっと大人しい奴《やつ》だと思ってた」って。普通はこんな頭した奴にそんな感想抱かないもんな。

「……んじゃ、夏川好みの感じにしとくわ」

「べ、別に好みとかじゃっ……」

「俺もどっちでも良いし、無難な方にしとく」

「ぁ……待っ——」

「ん？」

それじゃ、と手を振って帰ろうとすると引き留められた。振り向《む》くと、夏川は愛莉ちゃんの前に居る時とはまた違《ちが》う顔で、癖が付いたように俺の夏服の袖をそっと摘まんだ。いや、あのですね……そういう仕草が俺にダイレクトＡＥＤなんですよ。殺す気？　殺す気なの……？

「——きょ、今日はありがと……」

「か……」

可愛いかよ……あっぶねぇ、思わず声に出すとこだった。今言ってたら絶対に空気ぶち壊《こわ》してたわ。良かった……俺の喉《のど》が自制心を保ってくれて。

「き、気にすんなよ、こっちこそ伝説の愛莉ちゃんに会えて良かったわ」

「で、でんせつ……」

夏川が「うっ……」とした顔になった。やべっ、嫌みに聞こえちゃったかな……でも実際スマホで愛莉ちゃんの画像見せられるまで「ホントに実在すんの？」って感じだったからな。ま、今となっちゃ俺に会わせないようにした理由もわかるけど……普通自分に付きまとってる男にあんな可愛い妹会わせねぇわ。今回引き合わせてくれたのは単純に二年半の誼《よしみ》か。仲間意識なんてのもあるみたいだし。

悪戯心《いたずら》が働いて揶揄《からか》いたくなる気持ちがちらついたけど、それ以上にこの距離感が心臓に悪かった。夏川に言われた通り、髪を染めるため薬局に向かうことにした。

◆

「――くっさ。ちょっと、臭《くさ》いんだけど」

「飯食った後なんだから良いだろ。お袋《ふくろ》の許可は取ってる」

「洗面所の扉《とびら》閉めろっつの……」

言われてみりゃ確かに髪染《かみぞ》めの独特のニオイが充満《じゅうまん》していた。こういうのってもっとシャンプーみたいにフルーティな香りにできないもんかね？　鼻を摘まみたくても溶液《ようえき》がべっとりついたビニールの手袋《てぶくろ》のせいで摘まめねぇし。今から二十分もこのままじっとしてなきゃいけねぇのか……。

姉貴は歯ブラシを取り出しながら俺が適当なとこに置いてた髪染めの箱を手に取ると、

そこに書かれてる文面を見始めた。

「あん？　ダークブラウン？　アンタ黒にすんの？」

「……やっぱそれ黒なん？　黒髪戻《くろかみもど》しで良かったんだけど無かったんだよなぁ……べ、別に〝ダークブラウン〟てのがカッコ良さげだったから買ったんじゃねぇからなっ」

「これ普通に黒だし、最初すっげぇ黒になるよ」

「……？」

黒は黒なんじゃないの？　黒以上の黒ってあんの……？　何それカッコいい。

厨二魂《ちゅうにだましい》を滾《たぎ》らせていると、姉貴は俺の周りをぐるぐると回って眉《まゆ》をひそめた。

「ヘックソ。ムラできる」

「ええ……？」

「ちょっとそこどきな」

姉貴は俺を鏡の前からどかすと、鏡台の引き出しから使い捨てのゴム手袋を取り出して
──ゴ、ム、手袋……？　すっごい嫌な予感すんだけど気のせい──あっ、ちょっ……！

「根元が黒だからってテキトーにすんなっつの」

「痛ダダダダダッ！⁉　ガッシガシすんな抜けるッ‼」

「ハゲなけりゃ良いでしょ。この世は遺伝、アンタは大丈夫。ハゲる奴はハゲんだよ、ハ

ゲ防止とか育毛ケアとかしても無駄無駄《むだ》」

ちょっ、お姉様？　何かすっごいドライな事言ってませんか！　抜ける抜けない以前に痛いんですけど！　ホントに大丈夫⁉　大丈夫なの⁉　ねぇ⁉　こちとら一時的なハゲもお断りなんだけど‼

そのまましばらくされるがままイタタタの刑《けい》に処された。姉貴のゴム手袋に付いた十数本もの髪を見て俺《おれ》はさぞ切ない顔をしてたと思う。

「――――な？」

「お、おう、黒だな………黒過ぎない？」

「言ったじゃん、一週間くらいそんな感じだよ。ガッシガシ洗えば二日くらいで自然な感じになるけど」

髪染めも終わり、洗ってからドライヤーをかけると黒髪にはなった……なったけど異常な黒さ。もう光が当たってても反射しないレベル。もっと地毛みたいな黒さを想像してたんだけどな……触《さわ》った感じは前に茶髪に染めたときと同じか。

次の日、夏川から「あ、染めてる」って言われて俺は死んだ。　※死んでない

モチベーション——それはどんな立場になっても付き纏う行動の原動力だ。子供は身体の奥底《おくそこ》から沸《わ》き上がるモチベーションで外を駆《か》け回《まわ》り、中学生は謎《なぞ》のファンタジーに想《おも》いを馳《は》せてそれを体現する（※一定層）。そして思春期という過渡期《かとき》を経て淡《あわ》い感情に目覚めると、その矛先《ほこさき》が向いた相手の事を考えながら沸き上がるムラムラを己《おのれ》の原動力へと昇華《しょうか》するのである。特に男子。

要するに何が言いたいかって言うとだ。

「恋するって凄かったんだな……」

青臭《あおくさ》い感想とともに目の前の用紙に目を落として右上の方を見た。

「——〝六十五位〟か……」

地獄《じごく》の期末試験を迎《むか》え、ひぃひぃあっ……と言いながら何とか乗り越えた。つらすぎてもはや快楽を覚えるレベル。もっと上位の奴らとかもうマゾヒストなんじゃねぇの？

春の終わりにも中間考査なんてものがあったけど、結論から言えば俺の順位は落ちた。

確かそん時は三十二位だった記憶《きおく》がある。でも、その時の勉強ってあんまりつらく感じなかったんだよな。

原因に心当たりはある。その時は〝夏川《なつかわ》に付いて行く〟なんて鋼の意志があったからだ。そもそもここは中々の進学校……夏川に執着《しゅうちゃく》してなけりゃこんなとこに進学なんてできてなかったと思う。今回だって前回に比べると明らかに勉強量が少なかった。てかモチベーションがなかった。

今の俺がもう一度この学校の受験勉強をして受けたらどうなるんだろうな……。六十五位なんて順位も今までの土台に救われた部分がある。次回もこれをキープできるかどうか……マズイな、次回からちょっと見直さないと。

「さじょっちなーん位ー？」

「ほぁッちゃ⁉」

「グチャった⁉」

急に後ろから覗《のぞ》き込まれたらそうもなるわ。誰かに見せる前提で用紙を広げてねぇんだよ俺ぁ。特に芦田《あしだ》なんか直《す》ぐにからかって来んだから隙《すき》を見せるわけにはいかない。

後ろの机から乗り出して見ようとして来る芦田を恨《うら》みがましく見上げる。俺の警戒《けいかい》に気付いたのか、ごめんごめんなんて笑いながら芦田はすごすご引っ込んだ。

「七十四位だったよ！」

「えっ」

大人しく引き下がったと思えば芦田は自分で自分の順位を暴露《ばくろ》した。中々のボリュームで放たれたそれは確実に俺の耳に入ったし、訊《き》いてもいなかった芦田の順位を嫌でも把握《はあく》する事になった。

てか、あの、うん？　それはあれか？　自分が言ったんだからお前も言えよって事だよな……、絶対にそうだよな。

……まぁ良いか。百位以内は後々貼《は》り出されちゃうっぽいし。芦田に勝ってる以上は弱みにもなんないだろうし。

「ほれ、乱高下してるぜ」

「ろくじゅ——高くなってはなさげだけどね……さじょっち、前回はもっと上じゃなかったっけ？」

「わ、忘れた」

「いや動揺《どうよう》してるじゃん」

何でこいつは俺の前回の順位まで把握してんだよ……そん時知り合ってまだ二ヶ月くらいだろ？　情報網《じょうほうもう》か？　女子ならではの情報網ってやつか……？　え、じゃあもしかして他の女子にも把握されてる……？

「ほぇー、どうせまた五十位以内だよねって感じで訊いたんだけど意外だったね～」

「そ、そーゆーお前の七十六位はどんな手応《てごた》えなんだよ」

「七十四位ね。そこんとこ、絶対」

「わぁったよ」

どうやら芦田なりに自分の順位に誇《ほこ》りを持ってるみたいだ。や、「えっへん」じゃねぇよ。俺より下なのに何でそんな誇らしげなんだよ。

「前回のアタシの順位！　憶《おぼ》えてる!?」

「憶えてねぇな」

「二二〇位！　大躍進《だいやくしん》でしょコレ！」

「お前バカだったんだな」

「過去形!!　過去形なら許す!!」

あら明らかにテンション振り切ってるわこの子。俺と違ってちゃんと勉強したのね……最近はバレー部で忙《いそが》しいイメージしかなかったけど、この辺もちゃんと頑張ってたって事か。よし決めた。俺のモチベーションはコイツに負けない事。

「よぉ佐城《さじょう》！　お前何位？　俺二三〇位」

山崎《やまざき》は幸せそうだな。

◆

「うわぁしゅごい」

ふざけて言ったと思うだろう？　独り言なんだこれ。気が付いたら喉の奥《おく》からこぼれてた。

個人成績発表から数日。教室の後ろの壁《かべ》に学年順位表が貼り出された。見て見てと喜ぶ生徒、見ないでと隠《かく》そうとする生徒、俺はもう気にしないことにした。何よりテストという存在をもう思い出したくない。

思わずキモい言葉が出たのは上から二番目に記された名前。なんとそこに我らがアイドル兼女神《けんめがみ》の〝夏川愛華《あいか》〟の文字が。相変わらずハイスペックな才媛だぜ！

前の中間考査の時は俺が三十二位で夏川が二十七位だった記憶がある。試験勉強するときすら付き纏《まと》ってたからな……あの時はストーカーよろしく順位も後ろにピッタリだったわけだ。

今回のテストで覚醒《かくせい》した夏川。もはや彼女《かのじょ》を止める者はどこにも居ない。いやガチで凄いんだけど。やっぱ俺かなり試験勉強の邪魔になってたんだな。確か中学時代含《ふく》めてもこんな順位いってなかったと思うし。

「愛ちぃ！　半分分けて！」

「な、何をよっ！」

間違《まちが》いなくクラストップを勝ち取った夏川は芦田を筆頭に皆《みんな》に取り囲まれていた。以前の俺ならいの一番にあそこに居たに違いない。今でこそそんなガツガツする勇気は無いものの遠くから眺《なが》める夏川の照れ顔も悪くない。ふっ……成長したじゃないか夏川。ファン冥利《みょうり》に尽《つ》きるぜ……。

「佐城」

「あん？」

呼ばれて振り向く。佐々木《ささき》が妙《みょう》に勝《か》ち誇った顔で席に座《すわ》ってる俺を見下ろしていた。

「な、何でお前がこの教室に」

「いや俺このクラスだから……何でよそ者扱いすんだよ」

悪いな、今は気分が良いのかふざけられるほどお前に余裕《よゆう》を感じてんだよ。イケメンにここまで無感情に居られるのは生まれて初めてだ。やっぱ嘘《うそ》。弁当間違えられて二段とも白米だったら良いのに。

「どした佐々木。とうとう妹に奪《うば》われたか」

「何をだよ！　違う、テストの順位！」

佐々木が妹関連の話じゃない、だって？　ありえない……なんてふざけた事を思いつつ佐々木が向けて来た学年順位表に目を通す。佐々木の名前を探すと、俺の名前より遥《はる》か上の位置で見つけた。

「二十九位……やるじゃねぇか」

「だろ？　そういう佐城はだいぶ下がったよな。勉強に付いて行けなくなったか？　ん？」

くっ……何だコイツ煽《あお》りやがって！　嫌みな態度まで絵になりやがってこの二枚目野《や》郎《ろう》！

これは由々《ゆゆ》しき事態だぞ。イケてない系の生徒にとって武器は文化系全般《ぜんぱん》――即《すなわ》ち勉強だ。それをサッカー部のイケメン野郎に奪われるのはどうも納得《なっとく》がいかない。俺のモチベーションが予想の斜《なな》め上《うえ》から引き上げられたぞ！

「お前なんか全部のパスがオフサイドになりゃ良いんだッ……！」

「結構最低な事言うんだなお前……」

おかしい。どう足掻《あが》いても同じ土俵に上がれる気がしない。

やっぱりモチベーションのお陰《かげ》か。コイツが急にムカつくこと言い出したのって夏川のことで俺と張り合うためだろ？　そもそもスタート地点で能力差がエグいんですけど？　しかも俺とっくに何回もフラれてるし。もともとスペック的に恵《めぐ》まれてんだから俺に本気出すのやめてくんねぇかな……。

「……自慢《じまん》すんのは良いけど、夏川に良いカッコ見せたいならその順位じゃダメなんじゃねぇの？」

「うっ……」

あの子学年二位だからね。俺に勝ち誇ったところで何の意味もねぇよって感じ。寧《むし》ろ勉強面は荊《いばら》の道じゃね？　一位でも取んねぇとカッコ付かねぇじゃんきっついわ。って、一位の人すっげぇ名前長ぇな……よく見たら横文字入ってるし。留学生？　留学生ってだけで頭いい感じするんだけど。

「ま、勉強なんか諦《あきら》めてサッカー頑張れ。ＰＫ外すなよＰＫ」

「いやだからって勉強は諦めるようなもんじゃ——くっ、大会前に妙なプレッシャー掛《か》けてくんなお前……」

そもそも佐々木は一年でレギュラーなん？　下手に先輩《せんぱい》を差し置いて早いうちからレギュラーとかなっちゃったら妬《ねた》み嫉《そね》みが恐《こわ》そうだ。まぁ佐々木なら大丈夫《だいじょうぶ》だろう、有希《ゆき》ちゃんっつー心強い妹がいるからな！

◆

期末試験の結果も分かり後は夏休みを待つだけ。俺の気分は上がりっ放しなう。それにしても試験結果って家族に報告しないとダメすかねぇ……前回は良い結果だったから自慢《じまん》気《げ》に見せたけど……。

……うん、出来るだけ黙《だま》ってよっ。

昼。今日は珍《めずら》しく弁当を買った。つーのも夏川や芦田にもっとマシなもん食ったらと言われたからだ。何だよ良いじゃん菓子《かし》パン……安いし旨《うま》いじゃん。それに別に体に悪いもんじゃなくない？

トイレから戻《もど》って来ると教室の中央——夏川の元に向かう。この前、愛莉《あいり》ちゃんに会いに行った時に勢い余って御相伴《ごしょうばん》に与《あずか》る宣言をしてしまったからだ。別にもてなされるわけじゃねぇんだけどな。

——あの日の翌日。

『あれ？　さじょっちどこ行くの？』

『んぁ？』

　青と白の牛乳印のコンビニで買った昼飯を引っ提《さ》げて中庭のベンチに向かおうとすると、夏川の元に行こうとする芦田に捕《つか》まった。何か用かという目線を向けると、芦田は無言で夏川をこっそりと指で差した。指された方を向いてみると、

『──あっ』

　目が合った。直ぐに逸《そ》らされた。気まずさ感じた。思い出した。

　汗噴出《あせふんしゅつ》したよね。そう言えばつい先日に何か言っちゃった気がするって直ぐに思ったよね。まさか俺が夏川に関する事で忘れる日が来るなんて自己嫌悪《けんお》だったよね。謎の悔しさで無意識に奥歯《おくば》で舌噛《か》んでたわ。

『……あ？』

『あっはは－、やっぱ愛ちモテんだね』

『……』

　白井《しらい》さん他女子数人──を引き連れて空いた席に座り、夏川に話しかける佐々木。それを見てああやっぱ本当に好きなんだなって思った。この胸の内に湧《わ》く冷え冷えとした感情も考えるまでもなく理解できたわ。それを自覚して、自分自身で消化できるようになっただけまだマシな方か。

『ほら！　約束したんでしょ！　さじょっち！』

『お前ら頭の中リンクしてんの？　何で知ってんだよ……』

　夏川への言動は芦田にも伝わってる事が多い。まぁ夏川の親友だしな、会話の中で割と出《だ》し惜《お》しみなく言っちゃってるのかもしれない。芦田に対しては全幅《ぜんぷく》の信頼《しんらい》を寄せてるっぽいし。くっ、今ほど女子になりたいと思った事はない……。佐々木は俺より芦田の方が強敵なんじゃねぇのなんて思いつつ、俺らもその取り巻きに加わった。

　夏川の家に上がった次の日からその辺で飯を食ったり食わなかったりしている。毎日じゃない理由は、あまりまた近付きすぎると「あ、まーた付き纏ってるわー」なんて思われて夏川ごと敬遠されちゃうからだ。

　——そんなこんなでまともな栄養バランスを片手に教室の中央に向かう。中庭側の窓際《まどぎわ》に座る村田《むらた》や古賀《こが》が居心地《いごこち》悪そうにしてるのを内心ほくそ笑《え》んでからその所帯じみた場所の末端《まったん》を位置取った。夏川の時代来てんな……もう人気過ぎて夏川とか芦田に近付けないんだけど。

「あ、佐城くん」

「うす」

　飯星《いいほし》さん。クラス委員長を務める何つーか普通っぽい女子。個人的には結構ポイント高い。口で言っても聞かないような下品な奴らはさっさと切り捨ててる竹を割ったような性格と、自分から率先《そっせん》して周囲の生徒と関《かか》わってゆっくりと空気作りしていく感じに委員長としての才能を感じる。最近は特にそれを感じるようになった。

　別に特別可愛いとか八方美人ってわけでもなさそうなんだけどな。場の空気を上手《うま》い事コントロールして村田や古賀みたいな奴らに好き勝手させない感じ。外堀《そとぼり》から埋《う》めて行く感じがゾワっとする。噂《うわさ》じゃ委員長に認められた女子のみが居るメッセージグループがあるとか無いとか……いやはや、恐《おそ》ろしい。

「……大所帯だな」

「あー、いま愛莉ちゃんブームだから」

「え？」

「今日なの、第二回」

　愛莉ちゃんを可愛いがりに行くっていうあれか。って事は佐々木がお呼ばれしたのが第一回ってわけか。フフフ、実はそれ第三回なんですよ奥さん。第二回はもう開かれてるんですご存じ？　ＶＩＰですよＶＩＰ。

「飯星さんも乗り気みたいだな」

「一応私も行くし。会いに行けるなら会いたいもん」

「え、そんな感じ？」

「あの〝夏川さんの妹〟って言うのも人気の理由よね。それをきっかけに夏川さんと仲良くなりたい子も居るんだよ」

「良きかな」

ジャーナリストばりの分析《ぶんせき》。運営側かよ……まさか俺とは別で夏川友達百人大作戦——あれ、こんな名前だったたっけ？　——をひっそりと進めている奴が居るとは思わなかった。たぶん飯星さん的には夏川の交友関係だけってわけじゃないんだろうけど。

「クラスの雰囲気《ふんいき》作りってところか」

「別にそんな凄いものじゃないかな。ただ、変なのがクラスの中心的存在になって居心地悪くなるのが嫌《いや》なだけ」

「…………」

笑顔《えがお》で言うあたりに謎の怖さがある。夏川に猛烈《もうれつ》アプローチをかけて道化《どうけ》と化し、村田や古賀とも普通《ふつう》に接してた俺は果たして〝どちら側〟なのか…………深く考えるのはやめよ、心臓に悪い。

「佐城くんは？　最近夏川さんと喋《しゃべ》らなかったり喋ったりするけど」

それ超普通《ちょうふつう》の事じゃね？　知り合いと喋らなかったり喋ったりする事の何がおかしいの？　普通とは逆の順番で訊かれて何となーく言いたい事は分かったけどニホンゴワッカ

リマセーン。

「ハッハハ、この雰囲気にやられて近付きづらくなったってところ？」

「うっそだぁ、絶対何かあったでしょ。みんなそう思ってる」

「マジかよ」

いやまぁそう思うわな。あんなしつこく纏わり付《つ》いてたし。逆に今まで何も訊かれなかった事に妙な腫《は》れ物《もの》感を覚えるわ。絶対に邪推《じゃすい》されてるよな……〝フラれた〟なんてのは当たり前として……後は何？　警察沙汰《ざた》になったらしいよーとか？　やだヤバくない？

「俺は潔白ですよ」

「突然《とつぜん》なに」

決して変な事に手は染めておりませんとも、ええ。髪《かみ》は染めたけど。そういや黒髪のウケ結構良かったんだよな。ＳＮＳばりにみんなから〝イイね！〟もらえたんだけど。軽薄《けいはく》そうな感じが薄《うす》くなったとか。〝無くなった〟とは言ってくんねぇんだよな。そもそも軽薄そうに見えてたんか……そこそこ一途《いちず》な方だと思ってたんだけど。てか高校生的に茶髪の方がイマドキ感あって良いんじゃないの？

や、んな事より夏川だよ。いよいよ本領発揮か……纏わり付かなくなっただけでこんな事になるとは。ここ最近は夏川も何だか明るくて機嫌《きげん》良いし、ぐんっと先に遠のいたような気がする。これが女神本来の力という事かっ、恐ろしい子ッ……！

「でもお父さん嬉《うれ》しいよ」

「え？」

良いね、この距離《きより》感最高。女心なんて解んないし、夏川にしても芦田にしても、どんだけ考えて接しても怒《おこ》らせたりする時あるからな。こういうちょっと離《はな》れたとこから見て応《おう》援《えん》して楽しむのが一番平和だ。あ、笑った可愛《かわい》い。

「放課後、楽しめると良いな。夏川にしても、委員長にしても」

「え？　う、うん。まぁ、実は結構楽しみにしてるの。白井さんや岡本《おかもと》さんが興奮しながら可愛かったって力説してたから」

「そうだな。でも可愛いだけじゃなくて結構体力も——いや、もうとにかく可愛いだろうな。そうに決まってる、うん」

——っぶねぇ……余計な事言いそうになったわ。夏川、妹の事になるとマジになるからな。余計な先入観与《あた》えて拗《こじ》らせないようにしないと。あんなパワフルな部分、言わなけりゃ誰《だれ》も分かんないだろうしな。飛び込むのは俺くらいっつってたし。

意外にも、飯星さんは結構話せるタイプの女子だった。

◆

「ゲーム……カラオケ……」

会話が盛り上がってたりカラオケで盛り上がってたりゲームしてたり……気が付いたらめっちゃトイレに行きたくなってた時ってあるよね。飯星さんに悟《さと》られないようにすんの苦労したわ。

「――ん？」

廊下《ろうか》を歩いてると、前から三人の女子が歩いて来るのが見えた。いつもならそんなに目を引かない筈《はず》なんだけど、彼女たちの一人があまりにも異彩《いさい》を放ってて思わず目を向けてしまった。近付いたところで、先頭を歩くど派手な金髪《きんぱつ》の女子が見覚えのある生徒である事が分かった。確か、前に生徒会室をこそこそと覗き込んでた子だ。生徒会長こと結城《ゆうき》先輩の許嫁《いいなずけ》だとかそうじゃないとか。

「やっぱりコチラは庶民的《しょみんてき》ね。田舎染《いなかじ》みてるというか、何だかわたくしたちの方より騒《さわ》がしい気がするわ」

「仕方ないよ、こっちは〝一般《いっぱん》家庭〟の生徒ばかりなんだから」

俺の事は気にしてないのか、三人はすれ違うと遠ざかって行く。あれは……うちの教室の方？　まぁ良いや、とにかく今はトイレを済まそう。膀胱《ぼうこう》の辺りにパンチくらったらぶん一発でジョワジョワしちゃう。早急に済ませなければ。

「――ふぅ……あ？」

トイレを済ませて教室に戻ろうとすると、扉の前に変な三人組を見つけた。てかさっき

の金髪っ子を含めた女子達だ。Ｃ組のスライドドアを少しだけ開けて、こっそり中を覗き

込むようにして屈《かが》んでいた。制服には全員一年生と同じ色のネクタイをしている。悪いこ

としてるわけじゃないんだろうけど、金髪頭でこそこそしてるってだけでもう怪《あや》しく感じ

る。

いやさ、ここ生徒会室前の廊下とは訳が違うんだわ。普通に人通り多いはずだから。偶《ぐう》

然《ぜん》今は俺とこの三人しかいないけど。このクラスに結城先輩は居ねぇぞ。三人してストー

カーみたいに屈んで――屈んで？

……ほ、ほう？　よく見たらなかなか際《きわ》どいようなそうでもないような……やっべぇな。

俺の足が立ち去ろうとしない。いったい何故《なぜ》？　最近精神的に疲《つか》れてんのかなっ、本能が

己の心を癒《いや》しなさいと優《やさ》しく囁《ささや》いているからです。

仕方ない……ここは奥《おく》の手《て》――牛歩戦術ッ!!

「あの女が〝夏川愛華〟ね……」

「夏川に何の用だお前ら」

「ひゃあああっ⁉」

「きゃあああっ⁉」

「っ……⁉」

え、この女さっき何つった？　夏川愛華？　ただでさえ姉貴に悪感情抱《いだ》いてる時点で要注意なのに今度は夏川？　チャリの後ろに括《くく》り付けてグラウンド引《ひ》き摺《ず》り回してやろうか？　ああ？　その金髪に黒髪戻しぶっかけるぞコラ。

「あっふぁッ……ゲホッ……！　と、突然後ろから話しかけないで頂けません⁉」

「……あ」

言い返された瞬間《しゅんかん》に我に返る。あらぁ？　何で俺話しかけちゃったのぉ……？　面倒《めんどう》なのは分かってんじゃんか。〝夏川〟って言葉に反応し過ぎなんだよ。やだ、俺ってば夏川のこと好き過ぎ……？　好きだったなそう言えば。

ここは落ち着こう。我に返った今こそこの状況《じょうきょう》を打開するアタックチャンス。アタックしちゃダメじゃね？

そうだ、普通に。普通に行こう。生徒会室前で一度は金髪っ子と顔を合わせてるんだ。姉貴に良い感情を抱いてないみたいだから、ネームプレートは外して、ここは穏《おだ》やかに、穏やかに……確かふざけて敬語使ったっけ？

「お久《ひさ》し振《ぶ》りですね、お嬢様《じょうさま》」

「え、ええ……？　あら……貴方《あなた》どこかで……？」

「生徒会室前で一度お会いしてます。その時は貴女《あなた》が困ったように中を覗き込ん――」

「わッ！　わーッ！　わーッ！」

「中を覗き込んでいたのが印象的でしたッ!!」

「何で言っちゃうんですの⁉」

ストーカー行為《こうい》、ダメ、絶対。俺は屈《くっ》しない……世界に悪人の非道を轟《とどろ》かせ知らしめるんだっ……！　そうやって多くの美少女の恥《は》じらう顔を日の目に晒《さら》すのさ!!　ふひひひひっ！

「茉莉花《まりか》さんが……生徒会室に？　結城様に会ってたんじゃないの……？」

「うん……許嫁らしいし」

「そ、そうですわ！　許嫁たるわたくしは颯斗《はやと》様のお側《そば》に居なければなりませんから！

その っ、その時はお昼を一緒《いっしょ》にですねっ……」

「その割には副会長の事を――」

「わーッ！　わーッ！」

ピョン、ピョンと跳《は》ねて俺の前を塞《ふさ》ごうとする金髪っ子。何だか怪しい奴《やつ》に見えなくなって来たよ……そんな面白《おもしろ》い感じなんだね君。

えっと、姉貴が気に食わない感じって秘匿事項《ひとくじこう》なの？　こういう時のライバル役って取り巻きを大勢引き連れて堂々と非難したりするんじゃねぇの？　意外だったわ。

よく考えたらあのＫ４と姉貴の出会いって俺らが入学する一年以上前からなんだよな。ライバル役が登場するには遅過《おそす》ぎかもな。てかそもそも姉貴二つも先輩だもんな。

「ぐ、ぐぬぬっ……流石《さすが》は〝東〟側ですわね。〝西〟側とは違って淑女《しゅくじょ》に対して配慮《はいりよ》の一欠片《ひとかけら》もない態度……これだから社交のしゃの字も知らない一般家庭出身は嫌なのですわ！」

「は？」

一般家庭出身云々《うんぬん》はどうでも良いとして……東側？　西側？　いったい何の事？　この学校にそんな差別的なのがあんの？　確かにこの学校は真ん中の中庭を挟《はさ》んで本校舎が東西に分かれてるけども……足を踏《ふ》み入《い》れちゃいけないとか？

金髪っ子の言葉に引っかかりを覚えてると、三人が覗き込んでたドアが急に開いた。

「ひゃあああっ⁉」

「――――何やってんのよアンタ……」

「どしたのさじょっち」

「え？　夏川？　アンド芦田？」

「分っかりやすいよね〜さじょっち。あぁん？」

驚《おどろ》く三人、呆《あき》れる夏川、笑ったままキレる芦田と時々俺。

そういや多少騒がしくしてたなと思う。扉を開けた夏川は俺と目が合うや否《いな》や胡乱《うろん》げな目で見て来た。久々の目……頂きました！

「どういう状況なの？」

「三人が夏川に用があるって言うから絡《から》んでみた」

「輩《やから》みたいな真似《まね》やめなさいよ……」

失敬な。さては因縁《いんねん》を付けに行ったと思ってるな？　夏川の身を守らんと本能的に関わりに行ったと言うのに……この小物感からするとその必要も無かったかもしれんけど。

「ぐっ……な、夏川愛華さん！　貴女に用がありますわ！」

「えっと……何かしら」

「学年二位という優秀《ゆうしゅう》な成績に加え、少しばかりお可愛《かわゆ》いからと言って——……本当にお可愛いらしいですわね……」

「え、あ、ありがとう……」

イイね！

よく分からん展開だけど思わずサムズアップしかけた。芦田と夏川の日常的ないちゃいちゃを見てるせいか、俺の趣味《しゅみ》がとある方向に傾《かたむ》きつつある。真近で拝見することができて大変光栄でございます。この押しての押して恥じらう感じがもうねっ……うん。

「す、少しばかり成績の良い貴女に学年一位のこのわたくし——東雲《しののめ》・クロディーヌ・茉莉花を応援する権利を与えますわ！」

「え、え？」

「応援してやれば？」

「え？　えっと……頑張《がんば》ってっ！」

「ちっがーう！　そういう事ではございませんわ!!」

「いたたっ、ごめん、ごめんて」

何故か俺がぺちぺちと叩《たた》かれた。まぁ実際ふざけたしな。だがクロマ——クロマティ？お前は一つ勘違《かんちが》いをしている！　夏川は〝少しばかり〟可愛いんじゃない、〝めっちゃ〟可愛いんだ!!　むっちゃええねんで!!

クロマティは気を取り直すように「んっん！」と喉《のど》を鳴らすと、改めて夏川に向き直って。ズビシッと指差した。逆《ぎゃく》っ側《かわ》にへし折ってやりたい。

「このわたくしを！　次期生徒会長とするために応援するのですわ‼」

「え、生徒会長……？　生徒会長って一年でなれるもんなの？」

「──私が説明するわ！」

「うおっ⁉」

クロマティの取り巻きの一人、黒髪《くろかみ》ストレートの女子が前に出て来た。クロマティの言ってやんなさいと言わんばかりのふんぞり返り具合が妙にイラッとする。けど何でだろう、不思議と俺が何もせんでも自爆《じばく》しそうな予感がする。

「生徒会の全《すべ》ての役職は一、二学年問わず推薦《すいせん》・立候補できます。その自由な校風は選挙活動にも及《およ》び、とにかく多くの票を得た生徒が選出されるわけです」

「よっ、歩く生徒手帳」

「ふふん」

「か、薫子《かおるこ》さん……？　たぶん褒《ほ》め言葉《ことば》じゃなくてよ？」

俺が無感情に吐《は》き出した言葉を聴《き》いて意外にも満更《まんざら》でもなさそうな顔をする薫子さん。や、でも解るぞ、こういう真面目《まじめ》な説明ってちゃんとレスポンスしてくれるだけで嬉しいんだよな。何となく経験ある気がするわ。

「それでも一年生は基本的に不利になります。学校の善《よ》し悪《あ》しは過ごす歳月《さいげつ》が長ければ長いほど理解できるものだし、生徒の代表は上級生がなるものという生徒間の風潮もあります。その中で一年生がポストを手にする事は基本的に困難なのです」

「風潮……」

基本的に空気の読めない奴は排斥《はいせき》されるのが世の常……それは解るけど、生徒会長なんて面倒な役職を進んでやりたがる奴が他に居んのかね？　あ、でも一人だけ思い付くかもしんない。

「甲斐先輩《かいせんぱい》がなるんじゃないのか……？」

「あの方は生徒会長にならないと仰《おっしゃ》っているようです。それが本当だとすると現状、先輩の中に名実ともに目立った方はおりませんのよ」

「へぇ」

甲斐先輩、生徒会長にならないのか。そう考えると確かに、次期生徒会長に誰がなりそうかなんて全くわかんないな。そもそもそんなに二年の先輩と関わりが無いし。

「それでも二年生はおよそ二百四十人……時期が来れば立候補者は必ず現れるでしょう。だからこそわたくしはそれまでに有志者を集めなければならない……次期生徒会長となるために」

成《な》る程《ほど》、考え方は悪くないと思う。一介《いっかい》の高校生が学校の事なんて真面目に考えたりしないし、即興《そっきょう》で優《すぐ》れた公約を立てたところで誰も興味なんか示さないだろう。そんな中で最も得票数を稼《かせ》げるとしたら——知名度か。とにかく名前を売り、皆に顔と名前を憶えてもらえば取《と》り敢《あ》えず生徒達はその立候補者に票を入れる。

皆のアイドルになれた奴こそ勝利を手に入れられる。生徒の選挙なんて普通そんなもんだもんな。自分の支持者を集める。その手段として目立つ存在を自分の広告塔《こうこくとう》として起用するのは悪い手じゃない。夏川を取り込もうとする気持ちも理解できる。

「——でも、悪手だろ」

「……何ですって？」

思わず素で返してしまった。ヤバい面倒なことになる、と思ったときには時《とき》すでに遅《おそ》し。どういうことかと目を向けてくるクロマティから逃《に》げられそうもなく……ちゃんと説明するしかなかった。

「何やら胡乱《うろん》な言葉が聞こえたわね……理由をお訊きしても？」

「目立ち過ぎるんですよ夏川は。彼女を広告塔にすれば周囲はこう思うでしょう、『え？夏川さんじゃなくてあの人が立候補するの？』って」

「な、なんですって……!?」

「一般男子として断言します。夏川を取り込めば、寧ろ貴女は霞《かす》みますよ。ただ横に居るだけで」

どういう意味だと言わんばかりの視線が俺《おれ》を射貫《いぬ》く。わざわざ言わないと解んないもんかね……個人的には圧倒的《あっとうてき》な差なんだけどな。

確かにこの子はハーフ顔で金髪も似合ってるし、可愛いっちゃ可愛いから目立つ。クロマティの目立ち方はまさにそれを売りにしている。それなのに、隣《となり》に自分以上に可愛いものを添《そ》えたら本末転倒になってしまう。

「夏川の方が可愛いんですよ」

「――――」

そんな馬鹿《ばか》な、と言わんばかりに口をパクパクとさせるクロマティ。後ろの二人もそこまで言うかと言わんばかりの目で俺を見ると、夏川の全貌《ぜんぼう》を改めてマジマジと見てこめかみをピクピクさせた。どうようちの夏川は。霞むだろ。

「ま、茉莉花さんっ……！　彼女は――夏川さんは〝東〟よ！　あまり干渉《かんしょう》すべきではないわ！」

「そ、そうですっ……！　私達は〝西〟らしく華麗《かれい》に有志者を集めれば良いと思います！」

「……」

ふるふると小刻みに震《ふる》え、憤《いきどお》った様子を見せるクロマティ。予想の斜め上を行ったであろう回答に言葉を失っているようだ。甘《あま》いんだよ、その程度で夏川をダシに使おうったってそうは行かねぇ。絶対に面倒事から遠ざけてやらぁ。

「──ふっ、ふふふっ……………」

「……！」

一頻《ひとしき》り震えたクロマティは無理に貼り付けたような笑みを浮《う》かべ、さっきまでの小物感を一変させてギラついた目になった。〝目を付けた〟と言わんばかりの眼差《まなざ》しで、俯《うつむ》いた状態から夏川を見上げる。

「──ひっ……⁉」

──が、突如《とつじょ》体を強張《こわば》らせて夏川の方を見るクロマティ。一瞬《いっしゅん》身構えた俺だけど、気になってそっちを見て納得する。

全員集合、とまではいかないけど、C組のほぼ全員が入り口前に出張り、俺達《たち》の様子を窺《うかが》っていた。中には分かりやすく迷惑《めいわく》そうにクロマティを見る奴も居る。これは太刀打《たちう》ちできないですね……もう完全に悪者じゃん。いやそもそも最初から要求が理不尽《りふじん》なんだけど。

「ま、茉莉花さんっ……ここは」

「ひ、引いた方が良いかと……」

「うっ……」

たじろぐ三人。主に後ろ二人はクロマティを必死に説得しているように思える。事を荒《あら》立《だ》てて悪い意味で目立ちたくないんだろ。ホント、どんな経緯《けいい》で取り巻きなんて位置に身を置くんだろうな。

「……んじゃ、失礼します」

こりゃ俺みたいな奴が出張っても仕方ないな。相手が悪過ぎたんだよクロマティは。たった僅差《きんさ》の成績を除いて見た目も人徳も勝ってる夏川に喧嘩《けんか》を売ろうとしたんだから。もうね、当然の結果。そりゃ返り討ちっすわ。

「さじょっち、さじょっち」

「ん……？　えっ……」

傍観《ぼうかん》を決め込んでた芦田が苦笑《くしょう》気味にちょいちょいと指を差す。何ぞやと思い斜《なな》め後《うし》ろを振《ふ》り返《かえ》ると、そこには顔を両手で覆《おお》って何やらぷるぷる震えてる夏川が居た。心なしか覆い切れていない耳が赤くなってるような……。

「え、なに、どったの」

「や、さじょっちのせいだから。照れもせずスゴいこと言ったからだよ」

「スゴいこと……？」

「ほら、〝可愛い〟って」

「は？　そんなの夏川にとっちゃ耳タコなんじゃねぇの？」

「そ、そうかもだけど……そんな堂々と言われても困るんじゃないかな……」

〝可愛い〟なんて今までに口酸っぱく言ってきた言葉だし、何より俺がそう思ってるなんて周知の事実だろ。今さら夏川に可愛いだのなんだの言うのに何の恥ずかしさも無いんだけど。夏川も言われ慣れてるんじゃねぇの？

「……時と場所と状況が揃《そろ》ってたねぇ、こりゃ」

「別の意味でタコみたいになっちゃったな」

「さじょっちそういうとこだかんね、マジで」

ええ……急に怒んなよ。怖《こわ》いよ……。

視線をメンチ切るヤンキーみたいに↑↓させる芦田に焦《あせ》ってると、これまたちょいちょいと制服の裾《すそ》を引っ張られた気がした。

振り返ると、まだどこか顔を赤くしたままの夏川。

「……は、恥ずかしいこと言ってんじゃないわよ……」

「可愛い」

「っ……み、見んな」

「これがいつものだね」

そんな分析いらないから。てかどう違《ちが》うの……下心あるかないかの違い？　真顔で言われたら嬉しいとか？　任せろ、俺のキメ顔で喜んでくれるんなら何度でも言ってやるぜ。

キリッ、かわい――――睨《にら》むなよ芦田……。

「――ま、待ちなさい天野《あまの》！」

「……」

「ま、待てと言ってるのが聴こえませんの⁉」

「え、あ、俺？　え、天野……？」

俺が教室に戻ろうとすると叫《さけ》ばれた名前。早く応《こた》えろよ天野……なんて思いながら振り返ると、何故《なぜ》だかクロマティは真《ま》っ直《す》ぐ俺を見ていた。え、おれ天野……？　すっごいナチュラルに天野になったんだけどどーゆー事？　何で俺が天野だと思ったんだろうな……天野渉《わたる》……結構ハマってんじゃん……。

「良いですの⁉　どんなに優雅《ゆうが》さに差があろうとも、最後に勝つのは行動を起こした者のみですわ！」

「はい？　え？」

「わたくしは絶対に次期生徒会長になりますわ！　その為《ため》ならたとえそこの〝お可愛い〟夏川愛華さんにだって負けませんわ！」

クロマティはそう言い捨てると、踵《きびす》を返して他二人を連れて去って行った。次期生徒会長の件はともかく、夏川に可愛さで勝とうとする姿があまりに無謀《むぼう》に思え、むしろ可哀想《かわいそう》に思えて心配になった。

「……クロマティ……」

「クロマティ？　誰それ？」

「え……？」

◆

期末試験という面倒な期間を乗《の》り越《こ》えた途端《とたん》に訪《おとず》れた波乱。〝西〟とか〝東〟とか何かの代名詞みたいな言い回しをしてたけどどういう意味なんだ？　A～C、D～F組で校舎が東西で分かれるんだな程度には思ってたけど、何か伝統的なもんでもあるの……？　ランダムなクラス分けかと思ってた。

しかしどうも差別的だ。あのお嬢様的な言い回しはクロマティのアイデンティティだと思ってたけど、後ろ二人も妙《みょう》にお高く留《と》まってやがった。入学の時点で、何か特別な差配があったのかもしれないな。

「あったよ」

「あったのかよ……」

淡々《たんたん》と教えてくれたのは飯星さん。何か妙に達観してる感じがあったからもしかしたらと思ったけど本当に知ってるとは……お見逸《みそ》れしました。クラス委員長としてのお務め、これからも頑張ってください。

「ほら、この辺って有名な企業《きぎょう》多いじゃん。住宅街を抜《ぬ》けて駅を挟んだらビジネス街でさ」

「ああ、そういえば」

「その上ここって私立進学校だし……偉《えら》い人から見たら子供の学歴としては家柄《いえがら》保てるわけ。で、この学校って結構古いじゃん？」

「ああ、聞くなそれ」

そういやこの学校の裏側にどこにもつながってない廃《すた》れたロータリーがあったっけ……入学当初は駅につながってないか期待したもんだけど。

「そうなると昭和根性《こんじょう》と言うか……元々三クラスごとに東西を分けてた事もあって、出資者とそうでない家庭をできるだけ区別したい的な、ね？」

「『ね？』って……あぁ、だから〝西〟とか〝東〟とか言ってたわけか」

完全な差別じゃねぇか。彼奴《あいつ》らの親からしたら〝一般家庭は俗物《ぞくぶつ》〟みたいな認識《にんしき》が多少なりともあるわけだろ？　まぁ、だからって教師陣《きょうしじん》から不当な扱いを受けてるっつーのは無さそうだけど。

「でも、D～F組っつっても三クラスあんじゃん。そんなに金持ちの息子《むすこ》とか居んの？」

「う～ん……基本的にはE組に固まってるみたいだよ？　他は系列関係とかさ……」

「へぇ？　よく分かんねぇな……」

「エレガント」

「え？」

「〝Elegant〟の〝E〟。〝上品な〟とかそういう意味だかららしいよ。噂だけどね」

「え？」

ちょっと何言ってんのか解んないっすね……そんな理由ってアリ？　進学校感ゼロのアホみたいな理由なんですけど。絶対に出資者の誰かが調子に乗って発言したよね？　まさか学校側の発案じゃねぇだろうな……。

「まぁ、時代的にそんなのも薄れて来てるらしいんだけどね。特にここ一、二年で」

「へぇ？　金持ちも居ることだし、国に目を付けられたとか？」

「や、単純に〝東〟が強かったんだよ。人徳も結束力も、容姿も成績も」

「総合優勝じゃないっすか」

「私は風紀委員長と生徒会副会長を見て納得《なっとく》したよ。二人とも〝東〟だもんね」

「だな。風紀委員長を見てたら納得できるな」

「え……？　うん、風紀委員長と生徒会――」

「風紀委員長ね」

そんな歴史がこの学校にあったんだな。ドラマや漫画《まんが》の中だけの話だと思ってたわ。職員室と社会科資料室は南校舎、音楽室や家庭科室は北校舎だし、向かいの西校舎に行く用事が無さすぎて全然意識してなかったわ。

「取り立てて話題に上がらないだけで、〝東〟と〝西〟の生徒で同じ部活に入った人とかは知ってるんじゃないかな？　と言っても小学生の頃《ころ》からドアtoドアのお坊《ぼっ》ちゃんお嬢《じょう》ちゃんがスポーツ系の部活に入るなんてあんまりイメージ湧かないけど」

「そ、そうなの……」

俺が小学生の頃に送り迎《おくむか》えしてもらってた事は伏《ふ》せておくべきだろうか。しかも部活にも入ってねぇもんだから何故か俺にもぶっ刺《さ》さる……どうも、お坊ちゃんです。

◆

夜。姉貴が塾《じゅく》から帰って来たタイミングで何気なしに訊《き》いてみた。

「姉貴の学年も東とか西とかあんの？」

「あ？　ああ……あの変な感じのやつね」

話を聞くと、姉貴が一年の頃は結構酷《ひど》かったらしい。教師による生徒に対する扱いの差。部費の格差、試験内容の差分。それが原因でグレて行く〝東〟の生徒達。優位な立場を利用した暴力行為。

「——大変だったなぁ……」

それを調停したのが意外にも当時二年生の〝西〟に属してた結城先輩《せんぱい》だとか。何ともノブレス・オブリージュなやり方で〝西〟を内側から変えて行ったらしい。とか言ってるけど絶対アナタ関わってるよね？　なぁに？　その色々あった感の顔。

「あとあの金髪っ子ってどんな家柄なんだ？」

「金髪っ子……？　ああ、アイツね」

「そうそう、あの残念系ハーフっ子」

〝東雲〟なんて名字もこの辺じゃ全然聞かないし。金持ちっぽい雰囲気を出してたけどただのロールプレイって可能性もある――なんて疑ったものの、姉貴いわくやっぱり金持ちではあったみたいだ。フランスの紡績《ぼうせき》会社の社長令嬢《れいじょう》だという。会社名と姓《せい》は一切《いっさい》関係してないらしい。結城先輩とは親同士のつながりで縁《えん》があったとか。

「へぇ……あの小娘《こむすめ》が生徒会長になるためにね……颯斗の家の方は地元ブランドで布製品も扱ってて、実際アイツが威張《いば》り倒《たお》せば逆らえない生徒が多く居んのよ。その許嫁ってのが喧伝《けんでん》されたんなら、茉莉花も威張り倒せんのかもね」

「そもそも生徒会長になろうとしてる目的は？」

「そりゃあ――……や、わかんね、どうでもいい」

「急に冷めんのやめてくんない？」

突然姉貴の顔から〝いやウチら何の話してんの？〟感が漂《ただよ》い始めた。ついには会話をぶった切ってテレビ見始めたし。薄々《うすうす》気付いてたけど姉貴ってあのクロマティのことすっごい下に見てるよな……話題にする事すらアホらしいみたいな……まぁあの感じからして〝ウザい〟くらいは思ってそうだけど。

最後まで話聞かせろよなんて文句垂れたいとこだけど姉貴も疲れてるだろうし、これ以上はそっとしとくか。個人的な話、ガサツでいい加減な態度な割に働き者ってのが反則なんだよな。疲れた顔見せられると気ぃ遣《つか》うんだよ。

ああ、姉貴が夏川だったら——。

姉で終わりませんね……こんなキャミソール姿でソファーに寝《ね》そべられたら禁断の何かが起こるわ。ホント実の姉って不思議。異性なはずなのに何で何も感じねぇんだろうな。そのチラッと見えてる腹にパァンッて張り手したいんだけど。普通に日頃《ひごろ》の仕返し的な意味で。いややらないけどさ。　※できない

7章❤……❤蛇口とコップ

「負けないからっ……！」

「ホワッツ……？」

突然の宣戦布告。教室にて俺を指差して来た飯星《いいほし》さんは悔《くや》しげに俺に宣言した。いったい何故？　知らないうちにセクハラでもしちゃった？　ただ視《み》るのはセーフだよね？　や、別にガン見とかじゃなくて眺《なが》めるくらいの。

「どうしたら許してもらえますか」

「謝《あやま》らなくて良いよ。私に力が足りなかっただけだから」

「えっと……？　え？　飯星さんに原因があんの？」

「ううん、佐城《さじょう》くん」

「誰か助けてください!!」

ほんっと女子のこういうところ！　何か怒ってるんだろうけど何に怒ってんのか教えてくんないところ！　せっかく株上がりめだったのに飯星さんよぉ！

　こういうとこは多少大雑把《おおざっぱ》な性格の方が助かるんだよな……姉貴とか何を欲《ほっ》してんのか態度に出て超《ちょう》わかりやすいからまだ良い。や、決して良くはないけど。

「なになに、どったの」

「何やってんのよ……」

「何やったんだお前」

「バーカ佐城」

　心からの叫びが届いたのか何や何やと集まって来た。集まって来たのは有《あ》り難《がた》いけど何でみんな俺がやらかした前提なん？

　呆れ七割、興味三割。顔を見るに後半二人はそれが前後してやがる。お前らこれは見せもんじゃねぇぞ。俺と学級委員長の熾烈《しれつ》な――

「ず、ずるいわよ佐城くん！　教室の中心で愛を叫ぶなんてッ……！」

「愛は叫んでねぇよ」

　なに今日の委員長どうしちゃったの。珍《めずら》しく感情的というか主観でものを語るというか。大人びた印象だった彼女《かのじょ》はいったいどこへ……。

　そんな騒動《そうどう》の中心――いや俺の席だから教室の端《はし》っこなんだけど、そこへぞろぞろと白《しら》井《い》さんとか他にも色んな人がやって来た。いやちょっ、どんだけ集まって来るん⁉

「何々――ああ……昨日のアレね」

「昨日の？　何かあったの舞《まい》ち」

白井さんの後ろで苦笑いしてた斎藤《さいとう》さんが一人納得した感じのことを言った。茶道《さどう》とかやってるお淑《しと》やかなイメージの子が急にイマドキ女子高生的な話し方になるとちょっとギャップが良いですね……んなこたぁ良いんだよ。すかさず訊き返した芦田《あしだ》はナイスフォローだ。今日も良いスパイク打ってくれ。俺にじゃない。相手のコートに。

「愛莉《あいり》ちゃんに押し倒されたんだよね」

「詳《くわ》しく」

「話したまえ」

「さじょっちと山崎《やまざき》、ハウス」

俺は犬じゃねぇ。いやいや、興味深い言葉が聞こえて反射で尋《たず》ねちゃっただけだから。お淑やかな斎藤さんの口から〝押し倒す〟なんてワードがでるなんてけしからん。そんなの詳しく聞かないわけには――夏川《なつかわ》さん？　その邪魔臭《じゃまくさ》そうなものを見る目はうちの姉貴に通ずる部分がありますよ⁉　ソファーで寝てた俺を目だけで〝どけ〟と言い捨てる姉貴みたいな目になってますよ！

「まったく……昨日、みんなが遊びに来た時に愛莉が飯星さんに飛び込んだのよ」

「そりゃまた何で」

「さぁ……でも確かそのあとアンタの名前出してたような……」

「『さじょーより弱い』。そう言われたんだよ……」

「勝った」

「勝ったじゃないよもうっ！　転がされたんだからね！」

俺のせいなん？　何かほっこりしたから俺のせいでも良いや。てかさっき何つった？

〝負けないから〟？　上等じゃねぇか、だったら俺と直接ぶつかり合ってみますか？　あ、ごめんなさい。

「ていうか！　佐城くん愛莉ちゃんと会ったことあるの!?」

「夜のロンドンでな……運命的な出会いだったよ」

「あの子五歳《さい》なんだけど」

月明かりの綺麗な夜で——おい、俺と夏川をわくわくした目で見るのはやめなさい。そんなの俺は求めてないし、夏川にも迷惑でしょうが。てか俺が誰《だれ》かといちゃついてたとしてキャーキャー言えんの？　俺イケメンだったの？

「意外。夏川さんって佐城くんに対して特にガード固い印象だったから」

「前に『絶対に会わせない！』なんて言ってなかったっけ……？」

「え？　あ、その……」

興味ありますと言わんばかりの視線に夏川があたふたしている。個人的には隠《かく》すほどの事でもないから黙《だま》って夏川に委《ゆだ》ねてると、夏川は助けを求めるようにこっちを見て来た。え、てか内緒《ないしょ》にする感じ？　二人だけの秘密ってやつ？　何それヤバいんだけど。急にキュンとさせるのやめてくんない？　ひきつけ起こしそう。

「あー……ほらあれだよ。買いモンしてたらあらびっくり。向こうから叶姉妹《かのうしまい》ばりの二人組が歩いてくるではありませんか」

「あの子五歳なんだけど」

失敗した。まさか咄嗟《とっさ》に思《おも》い浮かぶ姉妹があの姉妹とは……そもそも俺の生活範囲《はんい》に居るわけねぇだろ。何なら普通《ふつう》の高級デパートにすら居ねぇよ。ってか見た目も愛莉ちゃんどころか夏川すら似てねぇよ。何がとは言わんけど。

「そう……運悪くもついに俺と愛莉ちゃんは出会ってしまった」

「よく淡々と語れんなお前……」

出会ってしまった、なんて言ったけど実際はお呼ばれだったからな。まさか俺もそんな日が来るとは思ってなかった。あの日の事は今でもまだ現実感ないからな。何ならまだ夏川って俺を煙《けむ》たがってんじゃねぇかとすら思ってる。実際はそうじゃないっぽいんだけど……実感がなぁ……。

「『見つかってしまった』と言わんばかりの夏川。『あ、これ気まずいやつ』と固まる俺」

「思ったよりまともな思考だ⁉」

「俺に掴《つか》みかかる愛莉ちゃん」

「何で⁉」

「そこから両者互角《ごかく》の取っ組み合いが始まった」

「あの子五歳なんだけど」

違うんだよ……愛莉ちゃんの武器は五歳児ならではの筋力じゃない、無尽蔵《むじんぞう》の体力と諦《あきら》めない心っ……！　なんであの子は俺に勝とうとするわけ？

「――で、そんな好敵手の俺が居なかったから飯星さんが身代わりになったと」

「じゃあ佐城くんのせいじゃん」

「そうだった」

エクレア一個で手打ちになった。

◆

夏川に害が及んでは堪《たま》らないと、パッキンお嬢様《じょうさま》を個人的に警戒《けいかい》する日々が続いた。あれからクロマティからの接触《せっしょく》は無い。改めて〝東と西〟の噂《うわさ》を調べた感じでは、気まずい空気感がまだあるみたいだ。今のところ部活を通じて仲の悪い噂がじわじわと広がってるって感触《かんしょく》だ。帰宅部の俺や夏川には知りようもないわな。芦田もバレー部に西側の生徒居ないっつってた。斎藤さんみたいな茶道部《さどうぶ》は面識があるらしく、あんまり話はしないらしい。

情報は武器だし、絡まれた夏川も心配だけど俺自身トラブルは避《さ》けたい。いつ何をやらかすかわからんし、こういう事はこれからもできるだけアンテナを張っておこう。あれ、何か今の俺デキる男っぽくね？　いやっはっはっは。

「……………ハァ」

雨、強め。夏の洗礼である。梅雨《つゆ》といえば六月のイメージだけど、もう何年も七月とか八月に続いてるイメージだ。傘《かさ》をさしても足元はびっしょびしょだし、それから学校で過ごすにしても濡《ぬ》れた靴下《くつした》から伝わる不快感がアゲアゲフラストレーション。

通学路を歩きながら、雨音を流行《はや》りの曲の伴奏《ばんそう》にたとえて口ずさむ。傘を弾《はじ》く水滴《すいてき》の音がそんな俺の声を掻《か》き消《け》す。湿気《しっけ》がもたらす不快感も、カラオケ会場と化した空間が和《やわ》らげてくれた——え、今ちょっと詩的な表現じゃなかった？　わたお。

そんな日本で一番どうでもいい事を考えてると、後ろからデカめのトラックが迫《せま》る音に気付いた。避けなきゃ——つっても歩いてんのは歩道だから心配ないんだけど……や、ちょっと待てよ？

「ちょ待っ——」

◆

「水も滴《したた》る良い男……」

「目も顔も死んでるね……」

テンションが魔球《まきゅう》ばりのフォークボール。落ち過ぎてキャッチャーの金的ストレートまっしぐら。中々のパワーワードだな。ホントにそんなこと起こったら野球人生っていうか男人生が終わりそう。

「ツいてねぇ……」

水の暴力に襲《おそ》われた。

芦田の気の毒そうな顔が本気スパイクばりの精神攻撃《こうげき》。まさか色んなとこからハンカチやらタオルやら渡《わた》されるとは思ってなかった。有り難いんだけどさ、山崎、このバッグの底から取り出したぐちゃぐちゃのタオルはいつのものなんだい？

それに加えて跳《は》ねた泥《どろ》とか砂は拭《ぬぐ》えただけで洗い流せてはいないし。あれだ、洗剤《せんざい》でよく擦《こす》り洗《あら》いしてんのにまだ食器がヌルヌルしてたときばりの不快感。

「夏なのによくジャージ置いてたわね……未開封《みかいふう》の」

「連日着る事が無いから……春先は一着あれば事足りてたし」

「って、タグ付いたまんまじゃない」

「三九八〇円……これが俺の値段か……」

「ちょ……」

「わかるー、テンション最悪の時のマイナス思考わかるー」

「んぐふぅ……」

「結構鈍《にぶ》い音したけど……」

目の前の机にデコが落ちた。痛かったけど痛くなかった。もうどうにでもなれ感がスゴい。雨降ってなくても時々こうなる事あるんだよな。嬉《うれ》しいことがあるとするなら夏川がちょっと優《やさ》しくしてくれる。あふぅ。

「運が悪かったとしか言いようがないね」

「何で雨の日に限ってトラックが通るんでしょうね……」

「水溜《みずた》まりぶっかけに来てるよな……」

あんなトラックが住宅街近く通って良いん？　引越《ひっこ》し業者ならわかるけど明らかに物流系だったし……誰だよ業務用単位で仕入れしてるパンピーは……。

「……」

「ちょ、え、渉《わたる》⁉　寝るなっ、せめてタグくらい」

「え、寝た？　寝たの？　うっそでしょ」

「愛莉より寝付《ねつ》き良いんだけど……」

や、まだ寝てねぇ……でももう良いやこのまんまで。伏せてた方が楽。無駄《むだ》に動いて濡れたパンツが張りいてんのを感じたくない。

まだ一限すら始まってないのに何なんだろうなこの疲労《ひろう》感……精神的な問題？　イヌとかネコの動画でも見て癒《いや》されるか……や、でもWi-Fiが無いとこで動画見るのやだな……お袋《ふくろ》に怒《おこ》られちまう。

あー……やる気がなんっも起こらねぇ。体のどっかにやる気スイッチでもねぇかな……無くても良いや。今はせめて、少し乾《かわ》くのを待って……――。

◆

コップが在った。

真っ白な空間に、透明《とうめい》なコップ。ただそれを見下ろしていた。

蛇口が現れた。新築の家にあるような、お洒落《しやれ》な蛇口。

蛇口の持ち手が上がる。『美味《おい》しいですよ』と言わんばかりにコップに水が注がれた。その間、何故《なぜ》かコップが喜んでいるのが解《わか》った。

蛇口から水が止まる。コップには飲み始めるのに丁度良いくらいの水が入っていた。折《せっ》角《かく》だから飲もうと思って手を伸《の》ばすけど、視界に自分の手が映る事は無かった。呆然《ぼうぜん》とするものの、そのコップはどこか満足げにしていた。

コップから湯気が立った。映らない手でコップを触《さわ》ってみるけど熱くない。上に手をかざすと手の平が湿《しめ》ったのが分かった。これは……蒸発してる?

気が付けば、お洒落な蛇口は消えていた。

コップの水が倍速再生でもされたかのように減って行く。その度にコップが「待って、行かないで」と必死に叫んでいるのが伝わった。

少しずつ、しかし確実に減って行く水はやがて底を突《つ》き、コップの中身を空にした。どうもコップは悲愴感《ひそうかん》に苛《さいな》まれているようだ。「何で、どうして」と泣いて悲しんでいる。

それを見て、何だか胸が痛んだ。

しばらくその時間は続いた。コップは空のまま。どうもここは時が早く過ぎているらしい。ただでさえ判《わか》りやすく空のコップが乾《かわ》いて行く様をずっと眺めている。コップはそんな乾き行く自分を受け入れ、じっと俯いているように思えた。

水の音が聞こえた。

ハッとした。コップも驚《おどろ》いていた。慌《あわ》てて辺りを見回し蛇口を探す。すると、コップの上に蛇口が現れた。さっきのものとは違う、寂《さび》れた公園にでもあるような少し錆《さ》び付《つ》いた蛇口。しかしコップはそれを見て喜んだ。

それも束《つか》の間《ま》、蛇口から途《と》轍《てつ》もない勢いでコップに水が注がれた。コップはそうして潤《うるお》っていく自分に一瞬喜ぶも、自分の適量を超《こ》えると慌てだした。「もう良いよ、もう注がないで」と、懸命《けんめい》に訴《うった》え掛《か》けているのが分かった。けれど、水は無情にもコップから溢《あふ》れ出《だ》す。

蛇口はまだ物足りないのか、「もっと、もっと貰《もら》ってくれ」と言わんばかりにコップに水を注ぎ続ける。何がそこまで彼を駆《か》り立《た》てるのか解らない。コップはその蛇口に憤っていた。

水の勢いがほんの少しだけ弱まった。蛇口を見ると、注ぎ口の付け根の隙間《すきま》から漏水《ろうすい》していた。元々錆び付いたものだったからだろうか、強すぎる水の勢いに耐《た》えられなかったのかもしれない。

気になってコップを見る。コップは水を溢れさせながら、迷惑そうにそっぽを向いてツンとしていた。そもそも頭上の蛇口を見上げる余裕《よゆう》など無いのだろう。

どれだけ時間が経《た》っただろう、蛇口の水の音が変わる。何だと見上げた瞬間《しゅんかん》、蛇口の注ぎ口が吹《ふ》き飛《と》んだ。

壊《こわ》れて、部品と水が弾ける。何とかしようと思わず手を伸ばすものの、相変わらずその手は視界に映らなかった。まるで、そこに存在していないかのように。

さすがのコップも気付いた。注がれていた水の勢いの変化が露骨《ろこつ》だったのだろう、頭上を見上げ、蛇口の有り様を視界に捉《とら》えるとスゴく驚いていた。「大丈夫《だいじょうぶ》なのか」と問いかけてはみるものの、その声が蛇口に届くことは無かった。

蛇口が壊れた一方で、コップは余裕を取《と》り戻《もど》し始めた。水が溢れることはなくなり、他を気に掛ける余裕も生まれたようだった。コップはようやく本調子を取り戻したと、壊れた蛇口をよそに喜んだ。

水が止まった。

蛇口は蛇口としての形を大きく歪《ゆが》ませ、自ら水を堰《せ》き止めてしまったようだ。激しく水を噴《ふ》き出していた時のような熱情は感じられない。それこそただの意思なき物として――壊れた蛇口としてそこに在るようだ。

一方でコップは鼻歌を唄《うた》うくらいご機嫌《きげん》だ。特に何かをしているわけでもないのに、水面をゆらり、ゆらりと、愉快《ゆかい》に揺《ゆ》らしながらにこにことし続けている。

そんな悠長《ゆうちょう》にしていて大丈夫かと思った。これは果たして笑っていられる状況なのだろうか。そんな疑問に応えるように、先程《さきほど》と同じ蒸発が始まった。コップはまだそれに気付いていない。

水が減る。半分以下になったところでコップが気付いた。驚いて慌てるものの、減り行く水は止められない。先程のお洒落な蛇口とは違って、上の壊れた蛇口は姿を消さずにそこに在り続けていた。

コップは満たされていた時の感覚が忘れられないのだろう、最初とは違って乾いて行く自分を許せなかった。やめて、行かないで、自分には水が必要なんだ。水が無ければ自分は――。

水が無くなった。

コップは泣いた。涙《なみだ》が流れているか、悲しい表情をしているかなんて見えない。至って無音な空間に違いないのに、何故だかそのコップの慟哭《どうこく》が聞こえた。その様子に、またしても胸がズキズキと痛くなる。満たされようと乾こうと、自分の手で何もできないコップの運命がとても理不尽《りふじん》に思えた。

コップは泣《な》き止《や》まない。水は無くなり乾き尽くされようというのに、まだ求め続けている。

何故だ、どうしてまだ求める？　さっきも同じだったろう？　自分の運命を受け入れて、納得するしかほかに道は無いのではないか？　現実なんてそんなものだろう？

ただそう思っただけ。決して口には出さなかった――はずだったのだが、まるでメッセージとして伝わったかのように、コップは此方《こちら》に振り返った。

コップは此方を見て驚くと、そっと意識を閉ざした。

――やがて、コップは枯《か》れた。

8章 ❤ ❤ 〝大切〟と〝信頼〟

「んっ……んぁ？」

……あ、やっべ。これアレだよな、ガチ寝《ね》しちゃったやつだよな。っべーじゃんこれ顔上げた瞬間に先生から「お・は・よ・う」って皮肉られるパターンのやつだわ。うっわやらかしたわ。

てか今どんくらい時間経った？　耳澄《す》ましてどうにか――あん？　何か音が遠くない？　耳の奥《おく》が詰《つ》まってるような感覚が……気のせい？

――や、聞こえる聞こえる。このちょっと気取ったような喋《しゃべ》り方《かた》……世界史の先生だわ。前髪《まえがみ》のセンスが九十年代風で喋りも面白《おもしろ》い先生なんだよな。授業がちんぷんかんぷんなときはずっと前髪見てる。たぶんあれセットしてんだよな……フッて息吹《ふ》きかけたらキレんのかな……キレるよな。

まぁともかく、これは世界史だから三限だな。結構寝ちゃったやつだこれ……あー、後で担任の大槻《おおつき》ちゃんに伝わって生徒指導の中村《なかむら》に伝わって怒られるやつかなー……。

……あ、チョークの音。いま先生黒板の方向いてるだろうし、顔上げるなら今なんじゃね？　だよな今しかないわ、あたかもさっきから起きてましたよ感出して素知らぬふりしてよっと。せーのっ。

…………あ、あれ？　おっかしーな顔どころか頭が上がんないんだけど。や、ガチで。上がんないっつーか、もっと軽い力で行けるもんだと……あれ、頭ってこんな重かったっけ？　ま、まぁとりあえず頭上げっか。それ、せーのっ——

「ッ……うぁ………」

……あっ、これヤバいやつですね。頭痛が痛い、頭痛が痛ぇわ。復唱するほど痛い。頭の前の方が特にヤバい。地球の重力と目に映り込む光や景色が刺激《しげき》でしかない。情報量がっ……情報量が俺《おれ》を殺しにかかっております！　なに実況《じっきょう》しちゃってんの俺……。

あー、成《な》る程《ほど》ね。耳が遠く感じたのはこれが原因ってわけか。ばっちり体調崩《くず》しちゃったわけだな、あーはいはい。

「——よっち」

あ、いま芦田《あしだ》小声で俺を呼んだよね、絶対そうだわ。こう言う時に限って察しが良くなるっつーか。いや悪いな、今ちょっと返事する余裕無いのよ。

「————んぐっ」

うん、ぐらっぐら。なぁに？　実はまだ俺って首が据《す》わってなかったりすんの？　んなわけねぇか、頭の痛みが俺のバランス感覚奪《うば》ってるだけだわな。あれ？　もしかしてこれ思ったより重症《じゅうしょう》……？

「やっとお目覚めですか？　佐城君《さじょう》」

「ぁ――――」

バレた。超バレた。んげっ、先生わざわざ俺の目の前まで来てんじゃん。いやまぁ来るわな。自分が教える授業で爆睡《ばくすい》してるやつ居たら文句の一つでも言いたくなると思うわ。てか俯《うつむ》いてて気付いたけど俺の格好ジャージじゃん。一人だけジャージとか気付かれないわけがなかったわ。

「その格好の事情はうかがってますよ。まあ不貞腐《ふてくさ》れる気持ちは解りますが、授業放棄《ほうき》して良い理由にはなりませんよね」

「……あい」

「次からはそういったトラブルも想定して学校に来るように」

「……はい、あの……」

「何でしょう」

「保健室行ってもいいすか……」

思ったよりスラスラと言葉が出る。風邪《かぜ》の引き始めだからか喉《のど》がまだやられてないんだな。あなたの風邪はどこから？　私は頭。

あー……でも授業中に言うべきじゃなかったかも。目立つじゃん。保健室行きたいとか何事って感じじゃん。ただ座《すわ》って聴いてるだけ何てこともできたわけだし、授業が終わるまで待って良かったかもしれないな。

先生は少し驚いた感じで俺を見ると、意外にも真面目《まじめ》に考えてくれたようだった。

「構いませんよ。但《ただ》し、次の授業までに復習しといてくださいね」

「ふぁい……」

ぐっと体に力を入れて立ち上がろうとして思う。あぁ……やっぱりこのタイミング逃《のが》したらまずかったかも。思ったより体が重いわ。目立ちたくないとか、変な我《わ》が儘《まま》言ってる場合じゃなかったなこれ。

「よっ……とっとっと――とととととっ⁉」

「ちょ⁉　さじょっ――」

「ぐふッ………！」

けたたましく響《ひび》く衝突音《しょうとつおん》。痛みは無いけど脳を揺さぶられる感覚が鼻の奥を強くツーンとさせた。自分が今どんな姿勢でどんな状態にあるのかよくわからない。ただ口から苦しそうな声が出たから、たぶん教室のドアに思いっきりぶつかっちゃったんだな。

「――っち‼　だい――ぶ⁉」

「ちょ――！　――して‼」

何やってんだよ俺……こんなの余計に注目されるだけじゃんか。早く立ち上がって、保健室に行かないと……あれ、腕《うで》ってどこに力入れたら動くんだっけ？　おかしいな、実は俺けっこう調子悪いのかも。あれ、つか今何してたんだっけ？　え、ここベッドの上？　俺横たわってる？　ああ、まぁなら丁度良いや。なんか眠《ねむ》いし、このまま少し休んで……――。

◆

中二に上がるとき、初めて取り繕《つくろ》った。

理由は〝みんなもそうしてたから〟。そしたらびっくり、少し疎《うと》まれがちだった俺でも周囲と馴染《なじ》めて、ふざけ合えるようになってた。それからだ、お試《ため》し感覚で始めてみたそれをずっと続けるようになったのは。

全部が全部、本音をさらけ出さないこと。斜《しゃ》に構えて、目に映るすべてのものを穿《うが》った見方で見ていたと思う。そして上辺《うわべ》を装っているうちに気付いた。ああ、これが大人になるって事なんだなって。〝子供〟という純粋《じゅんすい》さを失いつつある俺達《おれたち》は純粋に仲良くなる事が出来ないから、だから別の自分を作り出して、本物の自分を守る盾《たて》にしてるんだなって。そうやって、手探《てさぐ》りするように仲の良い奴《やつ》を増やしてった。

だけど、〝まだ大人じゃない〟俺はいつでもそれを維持《いじ》できるわけじゃなかった。きっと、俺を取り巻く誰しもがそんな時期だったんだろう。

その時の俺にとって取り繕った自分を維持できる主なフィールドは教室。まだ慣れていないうちはそこから一歩でも出て一人になると、〝濁《にご》りかけの子供〟に成り下がっていた。それが油断だったんだろう。

その時も雨が続いていた。

派手な金属音。散らばる料理と食器。何て事はない、湿気で床《ゆか》が滑《すべ》りやすくなった食堂で、俺が誰よりも派手にひっくり返ってしまっただけ。今となっては、そんな失敗を誰かに見られたとしても「あーあ、誰だか知らんけどやっちまったな」程度にしか思ってなかったと思う。

でも、その時の俺は違《ちが》った。自分の評価をとにかく気にする時期、俺は周囲から「ダサい」――と、それが胸の内で思われるだけだとしても言われる事を恐《おそ》れた。やらかした俺を見て音を止め、周囲の誰もが動こうとしなかった事もそれを助長させていたかもしれない。仕方ないんだ、みんなも俺と同じ時期だっただろうから。

その間、一秒も無かっただろう。その時の俺は自分の未熟さを体現するように、顔を見られる前にあろうことか走って逃《に》げ出そうとしてたと思う。

そんな時だ。そうはさせまいと言わんばかりに、とある女子生徒が声を掛けて来たのは。動く事を忘れ、強烈《きょうれつ》に見惚《みと》れてしまったのは今でも憶《おぼ》えている。

彼女の事を知って行き、そして俺がその底《そこ》無《な》し沼《ぬま》に呑《の》み込まれるまで、そう時間はかからなかった。

◆

視界に映る天井《てんじょう》を知ってるか知らないかなんて気にする余裕はなかった。精々解りやすい気持ち悪さを、歯を食いしばって顔を顰《しか》める事でなんとか緩和《かんわ》する事ができただけだった。

「うッ……クッソ」

最悪の体調なんだろう。自分の運の悪さに対して普通じゃ有り得ないくらいの悪態が言葉になって口から飛び出した。雨と湿気がその元凶《げんきょう》と考えると、余計に不快な気持ちになった。

「起きた？」

「……んぁ……？」

未《ま》だ目も開けられてない中、誰かに声をかけられた。薄《うっす》らと漂う薬品の匂《にお》い。ここは

……保健室？　よく憶えてないけど、無我夢中《むがむちゅう》で何とか辿《たど》り着《つ》いていたらしい。目蓋《まぶた》を開

くと、どっかで見たことがある壮年《そうねん》の女性教諭《きょうゆ》。

「保健医の新堂《しんどう》です。朝、濡れた制服を預かって以来ね」

「あ、どうも……」

「憶えてる？　教室で倒れたらしいけど。数人に抱《かか》えられて運ばれて来たのよ？」

「……」

全然辿り着けてなかったわ。しかも俺《おれ》運ばれたの？　あらやだ、どこか変なとこ触られ

てないかしら――余裕有んな俺……本当に体調悪いの……？

いや、全く憶えてねぇや。保健室行かなきゃって思ったとこまで憶えてんだけど。その

後どうしたかは全くだわ。

新堂先生に、首を横に振《ふ》る。

「俺、風邪すか……？」

「そうね。三十八・六度。鼻と咳《せき》はまだで……喉は痛い？　これから多分まだ上がるわよ」

「まぁじすかぁ……」

日頃の行いかねぇ……こんな災難に見舞《みま》われるのも久《ひさ》し振《ぶ》りだ。それこそ何年か振りの重めのやつ。昔っから身体《からだ》は強めだと自負してたけど、ダメな時はダメなんだな……あー、頭痛い。

「はぁ。朝までは全然だったんですけど……」

「糸が切れたってやつじゃない？　車に水を撥《は》ねられたらしいけど、多分それが無くても体調崩してたと思うわよ？」

「ええ……？」

「突発的《とっぱってき》な発熱の症状《しょうじょう》は怪我《けが》や免疫力《めんえきりょく》の低下による自己防衛。免疫力は疲労によっても低下するわ。疲《つか》れてたんじゃない？」

まぁ、怪我はしてないしな……え？　俺疲《つか》れてたの？　別に激しい運動とかしちゃいないけどな……。

「体の疲れじゃなくて、精神的な疲れとかね。意外と本人には分かんないものもあるわよ。社会人に多いわね」

「社畜……」

「それは未来予知かしら？」

「ぐは……」

精神的な疲れ……おかしいな、心当たりなんて全く無いのに、何故かストンと胸に落ちた気がする。ああ、これなんだなって、納得《なっとく》してる自分が居る。じゃあ一体何がその〝疲れ〟なのかって考えても、答えは思い浮《う》かばない。

「今は寝なさいな。暑かったり寒かったりしたら言いなさい」

「あい……」

眠気《ねむけ》は無い。ボーッとする頭でボーッと天井を眺める。いつだったか、何かの理由で点滴《てんてき》を打ってた時の感覚に似てる。薬品の匂いと、蛍光灯《けいこうとう》の明かり。それと不規則に描《えが》かれた虫食いのような模様の天井……あれ箒《ほうき》の柄《え》とかで突《つ》くと簡単に穴開いちゃうんだよな……。

頭が空っぽなのが分かる。意識のしようによっては雨の音が聞こえなくなる。頭痛で苦しいはずなのに、何も考えずに天井を見つめてるこの時間が、何故《なぜ》だか心地好《ここちよ》く感じるようになった。

◆◇

授業に集中できない。それもこれも胸の奥がずっとざわついているからだ。

動揺《どうよう》の理由は探すまでもない、こうなってしまったのは見知った男子生徒が倒《たお》れたときから続いているのだから。派手な音を立てて倒れたきり起き上がらなかった時は驚いてしまった。間抜《まぬ》けな声と一緒《いっしょ》に倒れ込んだから直《す》ぐに起き上がると思ったけれど、その様子はどうやらおかしく、慌てる先生に合わせて思わず駆け寄《よ》った。

『さじょっち……⁉　ねぇさじょっち⁉』

親友の芦田圭《けい》と、クラスの他の男子生徒がぐったりとした彼に呼《よ》び掛けている。離《はな》れた席に居た自分が辿り着いた時には他の男子生徒に支えられて俯いた様子しか見えず、表情を窺《うかが》う事が出来なかった。

先生の呼び掛けで数人の男子生徒が彼を担《かつ》いだ時に初めて覗《のぞ》かせた顔。いつもへらっとしてたはずの顔は、真っ赤で、苦しそうで、ただつらそうだった。その様子に引きずられるように、胸の奥から伝わる鼓動《こどう》の一つ一つが大きく膨《ふく》らみ息苦しく感じた。気が付けば呆然としていたのだろう、彼が運び出された後、クラスメートの呼び掛けに気付くまでその場に立ち尽くしていた。

（大丈夫かな……）

心の安寧《あんねい》を求めてか、つい親友の彼女《かのじょ》の方に目を向けていた。いつもの様に大丈夫だよと、そうアイコンタクトを向けてくれるのを期待したのかもしれない。しかし、そんな彼女もすぐ前の空いてしまった席をどこか青ざめた顔で見つめているだけだった。

◇

授業が終わると直ぐに保健室へと向かった。親友の圭も一緒だ。ノックをして中に入ると、保健医の新堂先生に出迎《でむか》えられた。先ほど倒れた彼のことを話すとこちらの意図を理解してくれたのか、症状的にただの風邪である事を教えてくれた。それを聞いて安心し、思わず安堵《あんど》の息をこぼしてしまった。

「――あらー、それは罪な演出ね」

彼が倒れた時の様子を説明すると、先生はあっけからんとした様子で感想を口にした。そんな簡単に言ってしまえる話かと思ったのは自分だけだろうか。とにかくそんな様子から特別重大な症状ではない事を知り、改めてホッとする。それでも高熱には違いないようだった。

アルコールを手に吹き掛けてマスクを貰い、彼の寝《ね》る窓際《まどぎわ》のベッドのカーテンを潜《くぐ》って内側に入る。日頃《ひごろ》、彼がどれだけ表情豊かなのかよく分かる、口を真一文字にして眠る表情は初めて見たと感じるほど新鮮《しんせん》だった。苦しそうな様子を見て、いつものお気楽な調子は当たり前ではないのだと知った。

「戻りなさい、もう授業始まりますよ」

「えっ、ぁ――」

先生に促《うなが》され、二人そろって半ば追い出されるように廊下《ろうか》に出された。親友の気遣《きづか》わしげな表情が自分の抱《いだ》いている気持ちと不思議なほど同じように思えた。

同級生の彼。熱に魘《うな》される様子を見て妹に抱くような心配と同じようなものを抱いたのは失礼なのだろうか。どうしても、先ほどの彼の様子を思い出すたびに夜泣きした時の妹の愛莉《あいり》を思い出してしまった。

彼は保健室に居て、すぐ側には保健医が付いている。それが分かっただけでも個人的にはかなり落ち着けた。何故かは解らないが、今の彼は悲しみも苦しみも無理やり自分自身で消化させようとするように思えたからだ。そんな彼の様子を、常に保健医が診《み》ているというのなら安心だ。

（よかった……――って、何で私こんなに心配してんのよ！）

まるで家族の誰《だれ》かが寝込んでしまった時のような感覚だ——。そう気付くと、異性の男子相手に抱く感情ではないと、つい顔が熱くなってしまった。自分の気持ちを誤魔化《ごまか》すように親友に話しかけると、教室に戻る頃《ころ》には彼女とともにいくらか冷静さを取り戻せていた。

◇

四限の授業が始まる前に教室に戻った。保健室で大人しく引き下がったのは、騒《さわ》がしいと彼を起こしてしまいかねなかったからだ。何より当然として新堂先生に怒られる。それに自分に感染《うつ》ってしまえば妹の愛莉への影響《えいきょう》が心配だ。

消化しきれなかった焦燥《しょうそう》感が集中力を乱したまま四限の授業の時間が過ぎる。見回せばいつもの日常のように思えるものの、視界の端《はし》にただ一人居ないだけで何席分も席が空いているように思えた。気が付けば授業の終わりのチャイムが鳴っていた。

席が離れていようと彼は彼……良くも悪くも存在感の大きい彼が居ないというのには違《い》和感《わかん》があった。八方美人な親友の周囲に空きがあるのも違和感を覚える。やはり自分にとって彼は——？

（……ちょ、ちょっと待って。圭ならまだしも、何でアイツのことを――）

ふと冷静に考えて気付く。おかしい、自分にとって〝彼〟はそこまでの存在ではなかったはずだ。多少の期間の付き合いがあるとはいえ、自分は今まで一方的に迷惑《めいわく》をかけられてきた。今だってそのことに腹を立てていたはずだ。それなのに、いったい何故こんなにも頭の中の大部分を彼が占《し》めているのだろう。

「わぁっ……！　カッコいい……」

「……？」

誰か女子生徒の呟《つぶや》きとともに突然《とつぜん》教室が騒《ざわ》めきだす。いつもと違う様子が気になって顔を上げると、教室の入り口に有名人が立っている事に気付いた。

「やぁ。えっと……芦田さん、だったかな」

「は、ひ……お、お久しぶりです！」

名前は確か四ノ宮凛《しのみやりん》。この学校の風紀委員長だ。大ファンだという親友はそんな彼女を前に立ち上がって〝気を付け〟の姿勢で返事をしていた。

アップに纏《まと》められた長いポニーテールがしなやかに揺れている。あまりに凛々《りり》しい立《た》ち居振《いふ》る舞《ま》いに同じ女として憧《あこが》れる気持ちも理解できる気がした。

（もしかして、渉《わたる》に用事……？）

彼女がこのクラスに訪《おとず》れる理由を考えると、さっき保健室に運び込まれたばかりの彼の顔が浮かんだ。そもそもどうしてこの先輩《せんぱい》であり風紀委員長でもある彼女が彼と知り合いなのだろうか。こんなにも人気者の先輩が、彼にいったい何の用があると言うのだろうか。

「佐城に用が有ったんだが……今は居ないようだね」

「その、じ、実は――」

登場して十秒もせず女子に取り囲まれた彼女。さながら男性アイドルのような扱《あつか》いだ。我が親友のキラキラした視線は決して自分には向けられたことの無いものだ。何となく彼女にそっちの気がある様を想像してしまう。

『ふふ……愛ち……』

「っ……！」

顔を振って妄想《もうそう》を掻き消す。

これは無い。ボーイッシュな髪型《かみがた》ではあるものの、それでも彼女が男を装うには愛嬌《あいきょう》が有り過ぎる。少なくとも自分の中では頼《たよ》りになりつつも可愛《かわい》い存在だ。〝愛ち〟なんて力が抜《ぬ》けるようなあだ名で呼んで来る時点で無理だった。仕草や性格がちゃんと女の子っぽいのだ。おまけにとうの先輩相手には〝オンナ〟の顔を向ける始末だった。

親友は緊張《きんちょう》を浮かばせながらも保健室で寝ているはずの彼の事情を説明しているようだ。

先輩の顔が次第《しだい》に険しくなって行く様《さま》に、見ているこっちがビクビクしてしまう。それでも、彼のことなら黙《だま》っているわけにはいかないと、自分もそんな彼女達《たち》の元に近付いた。

「――それで、佐城が倒れただと？」

「はい……」

「それは……おそらく楓《かえで》には伝わってないな」

〝楓〟。突然出た名前に聞き憶えがあって少し考え、思い出す。佐城楓。彼のお姉さんの名前だ。此処《ここ》に来る前に伝言は無いかと声を掛けていたらしい。至って普通《ふつう》に返されたため、弟の彼が保健室に運ばれる事態になっていることを知らないと判断したらしい。

「むぅ……そのトラックを特定してやりたいところだが……今はそれどころじゃないな。ちょうど昼休みになったところだし――君たちはもしかして？」

「あ、はい……保健室に行こうかと」

「後で私達も行こう。君達は先に行くといい」

「は、はい」

身を翻《ひるがえ》し、早足で去って行く彼女。一挙手一投足にキレがあり武道にも通じていそうな雰囲気《ふんいき》を覚えた。実際強いのだろう、そうでなければあそこまで自信満々のオーラは出せまい。その姿は素直《すなお》に格好良く、親友の圭がファンになる気持ちも解る気がした。あそこまで自信満々になれるのなら自分とは見える景色も違うのだろう。

「圭、行こうよ」

「はひ」

「圭」

親友のほっぺたはとにかく柔《やわ》らかかった。

◇

念のため彼の鞄《かばん》を持って保健室に向かう。圭が「何入ってると思う?」なんてニヤニヤしながら中身を見ようとしていたため没収《ぼっしゅう》することにした。奪い取ってみると驚異《きょうい》の軽さ。彼が置き勉してることを理解した。少し揺すってみると中からはチャラチャラと音が聞こえた。財布《さいふ》、もしくは小銭《こぜに》入れでも入っているのだろう。

「あっ……あ」

ぽろっ、とどこかの隙間からスマホの充電器《じゅうでんき》が落ちてきたことで自分が彼の鞄を顔の高さまで持ち上げていることに気付いた。隣《となり》から「開けちゃう? 開けちゃう?」などと煽《あお》られたがそこは正義感が働いたため頑《かたく》なに断った。どれだけ保健室の彼がお調子者であろうともプライバシーがある。それに、万が一でもいかがわしい本などが出てきたらどんな顔で会えばいいと言うのだろうか。

（でも、アイツも男の子だし……っていやいや！　何考えてんのよ！）

落ち着け、落ち着けと自己暗示して冷静になる。そもそも学校にそんなものを持ってくるわけがない、と信じたい。そもそも今はそんなことで心を乱している場合ではないのだ。

隣を歩く彼女はこういうところが玉に瑕《きず》。真面目に自分を叱《しか》ってくれた時の彼女はどこへ行ってしまったのかと、ため息をついた。

「――失礼しまーす……あれぇ？」

保健室に入ると薬品の匂いが鼻孔《びこう》をくすぐった。保健医の新堂先生はおらず、静寂《せいじゃく》の中で棚《たな》の上に置かれている金魚の水槽《すいそう》がコポコポと音を立てていた。

カーテンの無いガラス戸の外を見ると、先ほどまでザーザーと音を立てていた外の雨足は弱くなっていた。此処から窺えるグラウンドは水溜まりだらけになっており、とてもその上を歩ける状態ではなくなっていた。明日の実技授業はどうなるのか、そんな疑問が浮かんだ。

保健室の奥には三つのベッドが置かれている。その内、最奥《さいおう》にある窓際の一つだけはカーテンで仕切られていた。言うまでもなく、そこに彼が寝ているのだと理解した。

「さじょっち～……？　起きてる～？　……って、さすがに寝てるよね」

「うん……そうでしょうね」

仕切りカーテンの外から呼びかけるも、当然ながら返事は無かった。そもそもこの無音の空間で起きているとは最初から思っていない。それが解っていてつい呼びかけてしまうのはきっと彼の無事を期待しているからなのだろう。

彼はかなり苦しげな息遣《いきづか》いだった。倒れてからまだ一時間と少し……まだ一度も目を覚ましていないのかもしれない。調子を取り戻していないことは間違《まちが》いなかった。

「鞄持って来たよ～……わっ」

「わっ……――え？」

隣で圭が小声で呼び掛けながらカーテンをゆっくり捲《めく》ると、少し驚いた様子で一歩後ずさった。そんな彼女を受け止め、隙間からのぞくベッドに目を向けて、思わず目を見開く。

病院に有りがちな、白くて固い布団《ふとん》。個人的にはあまり好きじゃない。それでも、カーテンの向こう側で彼は大人しくそれに包《くる》まっていた。

窓の向こう、小雨《こさめ》の降る外を薄っすらと窺い、見つめながら。

「さ、さじょっち……起きてるなら言ってよ」

「………あぁ……」

白い顔だった。汗《あせ》はあまり掻《か》いていないみたいだが、大人しくしている割に息遣いがやや荒《あら》い。まだまだ熱が高いことがわかる。だというのに、彼は圭の言葉を聴き取って弱々しく返事をした。

近くの丸椅子《いす》を二つ持ってきて、ベッドの脇《わき》に座る。

「……寝れないの？」

「…………」

声が聴けるならと、あえて普通に問《と》い掛けてみた。答えを待ってみるものの、彼は答えないどころか此方を見ようともしなかった。窓を薄っすらと見上げたまま、ただじっとしている。それでもしばらく待ってみたものの、結局先ほどの問い掛けに返答は無く、彼はただじっと窓に付いた無数の雨粒《あまつぶ》を見つめていた。調子がおかしいことくらいとうに承知の上だが、少し悔《くや》しく感じてしまう。

「キツい？」

「…………そりゃな」

「そ、そう……」

別の質問を投げてみると、案外しっかりした言葉が返って来て少し驚《おどろ》いてしまった。決してこちらに顔は向けないものの、ちゃんと会話は出来るようだ。だからと言ってあまり無理に続けるつもりはない。必要最低限、訊《き》いた方が良い事だけ。

「……何か要《い》る？」

「ポカリならあるよ」

「………………」

欲《ほ》しいものは無いか訊いてみるものの返事は無く、圭と顔を見合わせる。キツそうだけど落ち着いている、落ち着いているけどキツそう。余裕が有るのかよく分からない彼《かれ》の雰囲気に違和感を覚えた。自分が風邪で寝込んだ時もこんな感じだったかな、と回顧《かいこ》してみる。高熱を出したときはネガのような色の迷宮《めいきゅう》に閉じ込められるような感覚に苦しめられた記《き》憶《おく》がある。

それなのに、彼はその割にさっぱりとしているように思えた。

「………悪いな……」

「え……」

「騒がせた」

らしくない。それに殊勝《しゅしょう》な言葉。いつもなら「そんなことで謝《あやま》るなんて」と返していただろうが、あまりの妙《みょう》な雰囲気に笑い飛ばせる気にはなれなかった。そう、違和感はこれだ。いつもより語気が弱まるのは理解できる。しかし、いま彼は熱で朦朧《もうろう》としているはずなのに支離滅裂《しりめつれつ》な譫言《うわごと》じゃなくてちゃんと言葉のキャッチボールをしてみせた。ほんのわずかな会話だったけれど、その雰囲気はどこか理路整然としてるように見えた。

「どうしたのよ？　何か変よ？」

「……………なにが」

「や、何がって……」

ねぇ？　と隣に目を向けると、彼女は同意するようにコクコク頷《うなず》いた。何にせよ、話せる程度にまでなっているのなら良かったとまた彼の方に目を向ける。すると、彼は窓の外を見上げたまま自嘲《じちょう》するようにくすりと右端《みぎはし》の口角を上げた。

「へ……」

「……！」

ちょっとドキッとした自分が居た。薄幸《はっこう》な女の子は守りたい感じがすると聞くけれど、男の子もどうやら同じらしい。何より普段《ふだん》から度々《たびたび》ふざけている分、弱々しく笑う今の彼はどこか放っておけなく感じた。

「……」

「……」

思わず黙ってしまう。無理に会話しようとは思っていなかったけれど、寝るつもりも無い様子の彼に言葉を期待してしまうのは自分だけだろうか。話す余裕《よゆう》があるなら、せっかくお見舞いに来たのだからもう少しくらい話してくれても、と、つい欲しがってしまう。

(お、女の子二人にお見舞いされてるんだからもう少しくらい……——ってダメダメ！相手は病人！)

「——うッ……」

「……！　わ、渉⁉」

「さじょっち⁉」

突然顔を顰《しか》めて頭から身を捩《よじ》る彼。慌《あわ》てて身を乗り出して様子を見るも、すでに枕《まくら》に頭を乗せている彼に自分達が出来ることなんて何も無かった。額に手の甲《こう》を乗せて一頻《ひとしき》り唸《うな》ると、彼はそっとその手を掛《か》け布団《ぶとん》の中にしまった。

「………悪い、頭痛からだから……」

「も、もう喋んなくて良いわよっ」

我儘《わがまま》を願ってしまったからだろうか。戒《いまし》めたつもりだったが、何故だか自分が彼を苦しめてしまったような気分になった。直ぐに落ち着きを取《と》り戻《もど》した彼だが、どうにも放っておけない。とても目を離す気にはなれなかった。ここでこの場を離れてしまえば、何かを逃してしまいそうで……。

普段の彼を知っていれば青ざめているとも見られる肌《はだ》。高熱に苦しんでいる事は息遣いから解る。触《ふ》れれば実際は熱いのだろうが、冷たそうにも見えた。寧《むし》ろ後者だったら異常だ。自分も気が動転しているのだろう。何故だか確信が持てず、窓の雫《しずく》の影《かげ》が散らばるその肌に手を伸《の》ばして――

「――触《さわ》んな」

「っ……な、なんでよ」

あと少しというところで発せられた拒絶《きょぜつ》の言葉。予想外の冷たい言葉に慌てて手を引っ込めたものの、ついムキになってしまい、戒めたはずの心が再燃してしまう。ああ、これが自分の悪い癖《くせ》かと思ったのも束《つか》の間《ま》、彼は考える時間もくれずに言葉を続けた。

「二人に感染《うつ》したくない」

「あ……」

「愛莉ちゃんとか……」

「う、うん……」

つらつらと述べられる配慮《はいりょ》の言葉。向けられた真っ直ぐな優《やさ》しさと続けて述べられた愛する妹の名前を聴《き》いて思わず嬉《うれ》しくなってしまう。照れくさく感じて目を逸《そ》らすと、隣の親友が同性の自分から見てもどこかもじもじとして可愛い雰囲気になっていた。気持ちは自分と同じであるようだ。

そしてあろうことか、彼はさらに言葉を続けた。

「二人を苦しませたくない……」

「な――」

「ちょ――」

◇

抜け出《だ》した。二人して。

「――ちょちょちょちょちょ⁉　何あれ⁉　何アレ⁉」

「……」

保健室の前で立《た》ち尽《つ》くす。騒ぐ彼女は声のボリュームを押《お》し殺《ころ》しているつもりなのだろうが、興奮しすぎてあまり意味を成していないように思える。かく言う自分も、顔は熱くなり頭は真っ白になり言葉が見つからない事態に陥《おちい》っていた。

「ね、ねぇ……弱ってるさじょっちって……」

「だ、駄目《だめ》よそんなのっ……不謹慎《ふきんしん》っていうか……」

　おそらく、あの優しさと気遣いは本物。そこに余裕さえあれば、きっといつものようにおちゃらけた言葉と言い回しで自分たちを遠ざけていたのだと思う。きっと、今回は頭に浮かんだ言葉を漠然《ばくぜん》とした表現に飾《かざ》る余裕が無かったのだろう。

（ど、どうしよう……そんなつもりでお見舞いに来たわけじゃないのに……）

　もう一度あのベッドの側まで行って話してみたい気持ちがある。

　彼が自分達に触れられまいとしていることは解っている。しかし、そこをあえて触れることでさっきと同じように——

「ど、どうしたんだ？　二人とも」

「キャアッ!?」

　自分達以外に誰も居ないと思っていたところに掛けられた声。びっくりして二人して甲《かん》高《だか》い悲鳴を上げてしまった。お互《たが》いに半分抱き付《つ》き合いながら声の主の方を見て、そういえば保健室に用があるのは自分達だけではなかったと思い出す。

「し、四ノ宮先輩、と……」

　少し困惑《こんわく》した目で此方《こちら》を見る風紀委員長の先輩。その後ろで、明るい茶髪《ちゃぱつ》の先輩が少し髪《かみ》と息を乱した様子で此方を見ていた。佐城楓さん——彼のお姉さんだ。何故《なぜ》だろう、彼を見た後だとどこか大人びて見えた。

「い、いえ！　ちょうどお二人を待っていたところで！」

「なんだ、私が楓を連れて来ると気付いていたのか？」

「えっ⁉　は、はい！　それはもう！」

「け、圭」

少しばかり見苦しい親友をこれ以上喋《しゃべ》らすまいとどうにか抑《おさ》える。比較的普段《ひかくてきふだん》から余裕のある方の彼女だが、今回の場合は偶然《ぐうぜん》にもどちらも免疫力がなかったのだろう。かくいう自分も黙る以外にこの場を収められる自信がなかった。

「…………」

「あっ」

冷静さを取り戻すべくじっとしていると、彼のお姉さんが何かを言うわけでもなくズンズンと歩み出て来て保健室の戸を開けた。どのような説明で伝わったのだろう、彼女はどこか急いでいるように見えた。

苦笑いする四ノ宮先輩と三人で顔を見合わせると、自分たちもその後を追って付いて行く。不思議とさっきみたいな展開にはならない気がして、取り乱すことなくまた彼の元へ向かうことが出来た。

「…………ねぇ」

「……」

彼は変わらず目を開けて窓の外を見上げていた。相変わらずと言ったところか、さっきと同じく声を掛けた直後は何も応《こた》えなかった。そんな様子の彼に、お姉さんは置きっ放しの丸椅子に腰《こし》を落とすと、腕と脚《あし》を組み、じっと彼を見つめ続けた。

「……姉貴か」

「そ。平気？」

「……頭痛い」

「熱は？」

「……高め」

「ばーか」

話しかけておきながらあまりにも辛辣《しんらつ》な言葉。隣に居た圭が「ええ……」と言葉をこぼした。上辺だけ聴けば何とも酷《ひど》いものだ。いや、実際言葉通りの意味なのかもしれない。それなのに、そんなやり取りを見てどこかストンと腑《ふ》に落ちるような感覚を覚えた。これが〝姉弟《きょうだい》〟なのだと、妙に納得させられた。

「打ち付けたところとかは」

「……おぼえてない」

そういえば、と思う。肩《かた》から教室の扉《とびら》に向かって倒れたから変に捻《ひね》ったりはしていなそうだが、本当のところは本人にしか解らない。〝おぼえてない〟という言葉は大丈夫《だいじょうぶ》と取っても良いのだろうか。今の彼の体調に関する言葉はあまり信用できない。

「楓。新堂先生が診たと言っていたし大丈夫だろう」

「……そう」

「あ……」

頬《ほお》、首、手と――体温を確かめるようにお姉さんは彼に触れて行く。それに乗じるように、四ノ宮先輩も「どれどれ」と言いながら彼の額に手を当てる。彼は特に何かを言うわけでもなく、黙ってそれを受け入れている。

『――二人に感染《うつ》したくない』

この状況《じょうきょう》に先程《さきほど》の言葉を当てはめたなら、彼は先輩達《せんぱいたち》の事を大切に思ってはいないのだろうか。しかし先輩二人から好きなように触《さわ》られている彼を見ていると、どうも〝どうでもいい〟と思っているようには思えなかった。

（私達と違《ちが》って……許してる……？）

「――冷てぇ……」

「！」

ふにゃりと顔を緩《ゆる》ませ、少し気持ち良さそうにする彼。一瞬《いっしゅん》だけだが〝いつもの彼〟が戻ってきたように思えた。思わず「何故？」と強い疑問が湧《わ》いた。

「なんだ、暑いのか」

「……少し……」

「それなら何か冷たいものを買って来よう。エナジーゼリーなんかが丁度良いかもな」

「アタシはお母さんに電話してくるわ。コイツ、どうせ連絡《れんらく》なんてしてないだろうし」

「……」

話が進む。彼がそうして欲しいと言葉にしたわけでもない。しかし、それは何も間違っているようには見えなくて――。

虚《うつ》ろな様子だった彼は目を瞑《つぶ》って頭を枕の正位置に収めている。じっと見ていると、さっきより体の力が抜けているように思えた。もう心配ないと言わんばかりに……。

少し、モヤっとした。

9章 生存確認

カップ麺《めん》。それは料理のできない者を支え、かつ長期間の保存も利《き》く素晴《すば》らしいインスタント食品。外に出るのが面倒《めんどう》くさいとき、「そうだアレがあった！」と救われた気持ちになる。

なんて画期的な食品なんだ……思わず賛辞を上げずには居られない。お前が居なけりゃ今頃《いまごろ》割高のコンビーフやＳＰＡＭ食ってたわ。や、あれも美味《うま》いんだけどさ。

「最強かよ……」

チーズシーフードとか……ただでさえ風邪《かぜ》にやられてる俺《おれ》を殺す気ですか。口の中が幸せなんですけど、これが風邪に効かないってマジ？　学校行けんじゃね？　おっとと鼻水が。ティッシュばさヽ、チーンっ。

平日の昼――咳と鼻水で体がげしょげしょになってる俺は風邪という大義名分を得て学校を休んでいた。頭痛はもう無い。まだ微熱《びねつ》はあったけどダルさはもう引いている。

立ち上げたゲーム機から優しげなフィィインという最新型の音がする。そこから立ち上がるホーム画面を見て体の内から沸《わ》き上《あ》がる高揚《こうよう》感がまた一つ体を熱くした。ああ、からだに良い生活……。

罪悪感を忘れて怠惰《たいだ》に浸《ひた》ってると、俺のスマホがボロンと音を立てた。見てみると通知画面に誰かからのメッセージが表示されている。誰だ俺のスマホをボロンさせた奴《やつ》は。

【さじょっち生きてるー?】

なんかすまん芦田《あしだ》。

もう昼休みの時間か。きっと気を遣《つか》って連絡をしてくれたんだろう。いやでもさ、ありのままを答えちゃうのはどうなの。病人がカップ麺啜《すす》りながらゲームをしてるとか色々と冒涜《ぼうとく》してるかもしれない。ここは一つ、いかにも病人ですよ感を装いながら感謝の意を示そうではないか。

【生きてるって素晴らしいな】

間違った気がする。

返事が来ない。俺のリプライに対して続々と増えて行く既読《きどく》表示数が——え、既読?やだ。これグループメッセージじゃないですか!　クラスみんな見るやつじゃないっすか……。

【こりゃ寝てねーな】

【悠々《ゆうゆう》と寛いでんねこれは】

【数学マジヤバいかんな】

おいやめろ岩田《いわた》と飯星《いいほし》さんと山崎《やまざき》。数学とか思い出させんな、頭痛が再発しちゃうだろうが。

大丈夫……暗記系じゃない数学は勉強ができない奴でも高得点を叩《たた》き出せる可能性のある奇跡《きせき》の分野だ。つらつらと文章を読む教科よりまだ勉強しやすい。

ってえぇい！　それを考える事すら頭痛のタネだというのに！　今は心を無にし、頭を空っぽにして目の前のゲームキャラクターの尻《しり》でも眺《なが》めてるんだ！　おい少年！　良いケツしてんじゃねぇか！

あ、昼のお薬飲まないと……。

◆

『……んのかなー？』

『でも……』

「――はっ……!?」

何かの音で目が覚めた。目の前のテレビの画面には『GAME OVER』の文字。え、ゲームオーバー？　これRPGなんですけど……うわ、会話が勝手に進んで戦闘《せんとう》始まって無《む》抵抗《ていこう》キルされたパターンか。っべー、寝てたわ……修行僧《しゅぎょうそう》ばりに座して落ちてたわ。おっとヨダレヨダレ。

時計を見ると夕方の時間を示していた。昼過ぎに薬飲んでジュース飲んで戻って四つ目の町まで進めた記憶があるから……四時間半くらい寝てた感じか？　お陰《かげ》で体調良さげだわ。

「しょっ、と……ん？」

立ち上がって尻に集中した汗に不快感を覚えてると、インターホンの音が響《ひび》いた。それ以降、部屋の外からは何の音も聞こえない、お袋《ふくろ》は出かけてんのか……？　しゃあねぇな、俺が出るか。

「………え？」

インターホンのカメラを確認するとそこには二人の女の子の姿が。どう見ても姉貴じゃないし、そもそも自分の家のインターホンを押したりしないだろ。ってことは……ええ？　幻《まぼろし》ですか？　俺の理想という理想を詰《つ》め込んだ女神《めがみ》みたいな子が画面の向こう側に居るんですけど……何で？　それ、ピッとな。

「ど、どしたん……？」

『あっ――』

何とも間の悪いタイミングだった。今まさに家から背を向けようとしてた二人に呼びかけてしまった。俺の声が届いたのか、奴《やっこ》さんらはカメラに駆《か》け寄《よ》って顔を近付け――ふぉおおおおおお!!　どアップやべぇ!!　やっべぇ何これ!?　画面にキスして良いかな!?

風邪の病原菌《びょうげんきん》塗《ぬ》り塗りしちゃうよ!!

……マスクしよ。

◆

「よく来たな」

「よく来たな――っじゃないわよ！」

「え」

玄関先《げんかんさき》にて顔の目の前に突《つ》き付けられるスマホ。見ると、荒《あ》れに荒れたグループメッセージの履歴《りれき》が――え、何これ。何このガチ目に慄《おのの》いた感じのみんなの反応。

「何が『生きてるって素晴らしいな』よ！　ふざけるならふざけるでふざけてる感出して

終わってよ！」

「やー、実際ちょっと怖《こわ》かったよ。その一言残してパッタリだもんねさじょっち。風邪の始まりが昏倒《こんとう》だっただけにみんな凄《すご》かったよ」

「ええ？」

部屋のスマホを取りに行って確認する。メッセージアプリを開くと、そこには生存確認の数々。不在着信もかなり多め。「どうせ冗談《じょうだん》だろ」って感じの序盤《じょばん》から「まさか……え？嘘《うそ》だろ？」なんて空気に変わって「ちょ、ヤバくねヤバくね？」になってる。これぁヤバい。何がヤバいって序盤は普通に俺ゲームしてたのがヤバい。

「『わり、寝《ね》てた』、と」

【殺すぞ】

【もう目覚めんな】

【お前マジ数学ヤベェかんな】

「ふえぇ」

「自業自得《じごうじとく》よ！」

病人にかけるべきじゃない数々の言葉。これは怖い、もう二週間くらい学校休んじゃダメですか……もう夏休み突入《とつにゅう》じゃないの……。

「全く……愛《あい》ちがさじょっちの家知ってて良かったよ。てか知ってたんだね？」

「べ、別に変な理由なんか無いわよっ……前に山崎君に訊いただけで！」

「え⁉　愛ちから調べたの⁉　何で⁉」

「ちょっと野暮《やぼ》用《よう》があったの！」

あれか、前うちに来た時のやつか。変な噂《うわさ》立つ可能性あんのによく聞き出してくれたよな。やっぱ女神だわ。てか『部活してる奴に聞いた』って山崎だったんかい。

「うーん、心配かけたな……しかも感染《うつ》すかもしんないのに」

「へーんだ、そん時はさじょっちに看病してもらうからね」

「おう任せろ。何でもしてやるよ」

「へ……」

そう、何でも……汗かいて蒸《む》れた体の世話とかむふふふ――ぐぁふゲッホゲッホ！

くっ……邪念《じゃねん》が俺の免疫力《めんえきりょく》を妨《さまた》げる……！　鎮《しず》まれ俺の風邪菌《かぜきん》！　そして滾《たぎ》る血液よ！

下腹部から離《はな》れなさい！

「……」

「……」

「……ん、え？」

気が付くと、夏川《なつかわ》と芦田がえらく身構えるようにこっちを見てた。えっと？　やっぱりマスクしてても病人の咳込《せきこ》みは嫌《いや》だって？　あ、顔？　顔がキモかったの？　よく見ろよ、キモいフリしていつも通りなんだぜ。ぐすん。

「――――な、何でもしてくれるの……？」

「え」

え？　夏川？　なに何その訊き返し。寧《むし》ろ何させてくれんの？　夏川ならどんな内容でも全力で取り組ませていただきますが？　何ならお金払《はら》っちゃうぞっ。

「さ、さじょっち、まだ体調悪い？」

「や、もう悪くは――――ハッ⁉　あ、あ～……まだちょっとだるいかも」

「なーんだ平気そうだね、さじょっち心臓に悪いから何でもするとかやめてね」

「なん……え？」

もう治ったなんて言ったらまた騒《さわ》がせたのを咎《とが》められると思って誤魔化《ごまか》すと、涼《すず》しげな顔の芦田が言葉のナイフを向けてきた。いや急に冷たい事言うなよ……何その最大級の拒絶。俺からの看病って致死《ちし》レベルのキモさ誇《ほこ》ってんの？　何も誇らしくないんだけど。これでもお粥《かゆ》作るくらいワケないんだけど？　花開けお米達っ！

「もうっ、紛《まぎ》らわしいこと言わないでよね！」

「紛らわ――――んん？」

〝紛らわしい〟？　いったい何と勘違《かんちが》いしたんだ？　そんな含《ふく》みある言い方したことあったっけな……今までにそんな身構えられることなんて無かったと思うけど。

「ま、万が一があったら本当に悪いし……お見舞《みま》いくらい行くって。リンゴ剥《む》くのとか余裕だから」

「リンゴは良いからハーゲン」

「病人がアイス食おうとしてんじゃねーよ」

「わ、私は……代わりに愛莉《あいり》の相手とか……」

「え、逆に良いの？」

芦田はともかく、夏川は前回うちに来た時と比べると少し態度が柔らかくなったような気がする。まぁ、俺だけじゃなくて周囲にも、なんて注釈《ちゅうしゃく》が付くけど。ほんとマジ陽キャラ化が著《いちじる》しいな夏川さんよ、日に日に教室で話《はな》し掛けづらくなって来てるし。段々と距離《きょり》が開いて生きる世界の違い的な何かがじわじわと見え始めてるような……。

「そういやね、お見舞い行こうって言ったの愛ちなんだよー」

「ちょ、ちょっと圭《けい》っ……！」

「……」

キュン。誰《だれ》か十秒前の俺をはっ倒《たお》しておくれ。助走付けて良い。一瞬でも夏川の良心を疑った俺まじギルティ。夏川が優しいなんてずっと前からわかってることだった。

「夏川……やっぱり女神」

「なに言ってんのよ、もう……」

「お？　お？　相変わらずさじょっちは愛ち好きだねぇー」

「……？　おう」

何か違和感《いわかん》。仲間どうこう言ってた芦田がそんな話を持ち出すなんて。まぁ俺と夏川のことなんて周知の事実だし、ネタっぽくなってんのも否《いな》めないけどさ。

「なっ……な、何言ってんの⁉」

「え？」

「だ、だからっ……」

「今さら？　今日も可愛《かわい》いな夏川」

「なっ……」

何度もフラれた恩恵《おんけい》。あるとすりゃ、恥《は》ずかしげもなく堂々と夏川に〝可愛い〟って言えることだろうな。今さらそう思ってるって知られたところで困る事なんかねぇし。てか夏川に可愛くねぇ瞬間《しゅんかん》なんてねぇし。

「なっ、な……」

「え？　夏川？」

「あーごめんごめんアタシのせいだね。さじょっちの生存確認もできたし、このくらいにしとこうか。はい、お見舞いのヨーグルト」

「あ、ども。え、帰んの？」

「なに、帰って欲しくない？」

「や、ホント感染《うつ》したら悪いし、いいんだけどさ」

呆気《あっけ》にとられるのも束の間、芦田が「か～、つれね～」なんて親父《おやじ》くさいセリフを吐《は》きながら、夏川の肩を抱《だ》いて帰って行く。ちょ、何その感じ？　夏川さんお持ち帰りしちゃう感じ？　そんなのお父さん許しませんよ！

え？　嘘でしょ、えっ、ちょっ……ガチでそのまま帰って行きやがった……。

10章 勧誘ラブコール

夏風邪を吹《ふ》き飛《と》ばし夏川《なつかわ》カモンの心意気で復活したものの、授業で遅《おく》れた部分を取り戻すのは肩で息をするレベルで苦労した。数学やべぇな……。

真っ白に燃《も》え尽きた状態で口から半分魂《たましい》をこぼしつつ昼を迎《むか》えると、急にケツに衝撃《しょうげき》が入って再起動した。後ろに座《すわ》る芦田《あしだ》が俺の椅子の底を蹴《け》り上げたらしい。おいケラケラ笑ってんじゃねぇぞ芦田ァ。ちょっとお前ノート貸せ——強っ、引っ張る力強っ、何でそんな頑《かたく》なに貸してくんないの⁉

ギャースカ言って近くの野球部坊主《ぼうず》にうるせぇよの一言を頂くと、ふと昼飯を買ってなかった事に気付く。大事そうにノートを抱き締《し》める芦田を尻目《しりめ》に溜《た》め息《いき》一つ、ワンコイン片手に立ち上がる。

教室を出る頃《ころ》にはスーパーミニチュアランチボックスを抱《かか》える淑女達《しゅくじょたち》が既《すで》にそれぞれのグループで昼食に入っていた。中でも大きいのは夏川を取り囲むキラキラ系の陽キャラ達《たち》——夏川、何だか少し何らかの教祖に見えて来たよ。

芦田に「今日はテキトーに済ます」と伝えて食堂へ。隅《すみ》にあるコンビニチックな売店で小珍《こめずら》しい菓子《かし》パンを勝ち獲《と》って会計を済ませて食事をとるのに手頃《てごろ》な場所を探す。流石《さすが》にこのくそ暑い時期に外は嫌なんだよなぁ……。

「あ、居た！」

「えっ」

最近は暑いから食堂の別の隅っこに避難《ひなん》──しようとしたら稲富《いなとみ》同好会（仮）の皆《みな》さんに遭遇《そうぐう》した。遭遇っつか目敏《めざと》く見つけ出された。何か気が付いたら相席になってたんだけど……や、そりゃ気分は悪くは無ぇよ？　何か良い匂《にお》いするし。でもほら、周囲の視線がさぁ……。

「あの……何か用があって引っ張ったんすよね？　そうじゃなかったらそんなに関《かか》わり深い方じゃないと思うんですけど……」

「えー、そうかなぁ？」

そう、じゃなかったですかね稲富先輩《せんぱい》……？

壁際《かべぎわ》の反対、四人席の一つに座らされ、隣《となり》を三田《みた》先輩で塞《ふさ》がれてもはや脱出《だっしゅつ》不可能になった。向かいに座った稲富先輩は何が楽しいのかにこにこしている。出会いは複雑な感じだったはずなんだけどな……そんなに話してるわけでもねぇのに何でこんな俺にキラキラした眼差《まなざ》し向けて来んの？

「何でこんな好感度高めなの……？　アンタ課金アイテムでも使ってんじゃないの？」

「ズルいぞ佐城《さじよう》」

「よく意味解《わか》ってないでしょあなた」

稲富先輩の幼馴染《おさななじみ》だという三田先輩が羨《うらや》ましそうに、妬《ねた》ましそうに目を細めて来た。便乗して四《し》ノ宮《みや》先輩も文句を言って来たものの顔が「課金アイテムとは何ぞや」ってつってる。んなもんリアルで買えんならどんだけ高かろうととっくに買ってるわ。分割払《ぶんかつばら》いくらいしてでも買ってる。

「凛《りん》さんから聞きました。熱はもう大丈夫なんですか？」

「ああ、もう大丈夫っすよ」

ほぼ治ってんのに大事をとって二日も休んだからな。安静にしてゲームしてましたよ、へへへっ。

にしても良かった良かったとキャッキャしてる小さな先輩に困惑を隠《かく》せない。赤いリボンひらひら揺《ゆ》らしちゃって超可愛《ちようかわい》いんだけど俺はいったいどうすれば良いの？　ひれ伏《ふ》せば良いのか？　隣と斜め向かいの二人がすっげぇ顔してるんだけど。命が惜《お》しいんで安易に笑顔《えがお》向けんのやめてくれます？

「んんッ！　さて、わざわざ君を引っ張って来たのには理由がある。本当はもっと前に話したかったんだが、不運にも君が倒れてしまったからな」

「はぁ……」

真面目《まじめ》モードに切り替《か》えたのか、四ノ宮先輩は出会った時のような風紀委員長オーラを発し始めた。一気に面接でも受けてるみたいな空気になったんだけど？　てか怖い、一刻も早くここから離れたいんだけど？

「単刀直入に言おう——君、風紀委員会に入らないか？」

「へぁ」

思わず変な声が出た。まさかの提案に他の二人を見回す。三田先輩は稲富先輩を見てうっとりしていて、当の小さな先輩はどこを見ているわけでもなくにこにこと微笑《ほほえ》んでいた。ねぇちょっと、興味ゼロなん？　俺もそっちの世界に行きたいんだけど？

「小生はそのやうな器《うつわ》ではござらん」

「私の任期は秋で終了《しゅうりょう》になるが、委員会の後継《こうけい》を任せるに当たって後輩《こうはい》の男子生徒が集まらなかった。女子は相当数の見学者が来たがどうも遊びに来た感覚が強い」

「ああ、しかも下心が見えるのよ。あれは風紀委員会をステータスとしか見てないわ」

俺の遠まわしなお断りメッセージは無視か。あのせめてツッコミくれませんか。スべってない分まだ良いけど居たたまれなくなってくるから。三田先輩もここぞとばかりに会話に参加するのズルくないですかね……ミニマム先輩っ、あなたが嬉しそうにこっち見るから、こんな扱《あつか》いを受けてるんですよ！

あれか、さては絶対に入れるつもりか。まだ入学してたった三ヶ月だから実感はあまりないけど、この学校は二学期にイベントが目白押《めじろお》しらしい。文化祭に始まり涼しくなって来たところで体育祭、この二つだけでもう忙《いそが》しいのに、何らかの部活や委員会に属してる生徒は更《さら》に忙しくなるという。面倒だし、ましてや風紀委員会なんざ重労働になるに決まってる。

「そんな時に君の顔が浮《う》かんだ。楓《かえで》の弟というのもあって信頼《しんらい》できるし、私に助言をくれた時のようにどうか委員会を支えてやって欲《ほ》しいんだ」

「でも体制変わるのって二学期の話ですよね？」

「ああそうだ、だから今から考えておいて欲しいんだ。風紀委員会は君を欲《ほっ》している」

くっ、熱烈《ねつれつ》なラブコール……！　かってこんなにも求められた事があっただろうか！　そ、そんなに胸の奥底《おくそこ》で愛に飢《う》えた部分が「そこまで言うなら……」ってなりつつあるぞ！　そ、そんなにもとめてくれるなら引き受けてやらんことも……。

「えへへっ！　宜《よろ》しくね佐城く――」

「うえぇぇいッ⁉」

「キャッ……」

面倒事は嫌だという気持ちが負けそうになってると、急に向かいの稲富先輩が身を乗り出して俺の手を握《にぎ》って来た。驚《おどろ》いて思わず奇声《きせい》を上げて手を引っ込めてしまった。直後、稲富先輩が苦笑いしながら悲しそうな目になった。

「佐城……貴様」

「ねぇ……アンタ」

「ひぇ、あわわわわ――――アッ⁉」

「ふぇ⁉　佐城くん……⁉」

秒で般若《はんにゃ》と化した先輩二人。あまりの恐《こわ》さに弁明するわけでもなく稲富先輩の手を拾いに行ってしまった。両手で包み込み、小さくて柔《やわ》っこい感触《かんしょく》が伝わって来たところで火に油を注いでしまった事に気付く。

「あっ、いえっ、これはっ……！」

「さ、佐城くんっ……そ、そんな強引《ごういん》に………」

「佐城ォォォ……」

「コォォォ――」

四ノ宮先輩の怨念《おんねん》のような声。三田先輩は拳法《けんぽう》の達人となって功夫《クンフー》を高め始めた。空気がピリピリし始めた。え？　うっそ風紀委員ってこんなこともできんの？

「あ、あの！　俺まだ病《や》み上がり――」

まさか先輩の女子二人からヘッドロックと脚キメを同時にくらう日が来るとは思っていなかった。

◆

「口開いてるわよ」

「……美人局《つつもたせ》」

「急になに⁉」

若干《じやっかん》残る痛みと首の張り、そして側頭部に残る柔っこい感触に余韻《よいん》が残っていた。特に後者は教室に戻《もど》ってもなかなか消えなかった。三田先輩……俺忘れらんねぇっすわ。あの柔らかさだけで幸せが痛みを上回ってるんすわ。

数分前の出来事を振《ふ》り返《かえ》ってると目の前を通った夏川に声を掛《か》けられた。呆然《ぼうぜん》としていたからか無意識に何か変なこと口走った気がする。超驚《ちょうおどろ》いた顔をされて思わず惚《ほ》れそうになった。とっくに惚れてたわ。

「つ、美人局ってどういうことよ!」

すげぇこと口走ったな俺。

ぷんぷん怒《おこ》る夏川。これでも俺が病み上がりだからかまだどこか若干気遣《きづか》うように接して来る。たかが風邪で大袈裟《おおげさ》だななんて思ったけど、たかが風邪なのに大袈裟に倒れた俺が言っても説得力皆無《かいむ》だった。あと頼《たの》むから掃除《そうじ》のときに男の俺に「それ持つわよ」はやめて欲しい。山崎がニヤニヤした顔で見てくるし、俺も俺でメンタルごりごり削《けず》られるから。

「あ、あれだよ……そんだけ美人ってゆーか?」

「な、なによもう……」

腰に手を当ててプイッとそっぽを向く夏川。たまらん、「仕方ないわね」的なその表情グッド。何気に夏服姿の夏川を真正面に捉《とら》えるのが初めてで短い袖《そで》から伸《の》びる白肌《しろはだ》とかすっげぇ見ちゃう。ドキドキが止まらない。動悸《どうき》? やだ風邪かしら……?

「アンタ、それ……」

視線の逃《に》げ場《ば》が無くて挙動を不審《ふしん》させてると、夏川が呆《あき》れた様子で席に着いてる俺を見下ろしたまま近付いてきた。

「な、なに……？」

「アンタ……何で頭の半分ボサボサなの？」

「おっと……」

　ボサボサになってたか。三田先輩にヘッドロックされたから——三田先輩……柔っこい感触……ふへへ……やっべ、今表情だけで補導される自信あるわ。夏川に見せられん。直すついでに下向いて誤魔化そう。

「ああもう、じっとしてなさい」

「へ……？」

　手櫛《てぐし》で頭を直してると、じれったいと言うような夏川の声とともに頭を両手で挟《はさ》むように押《お》さえられた。まだ髪が撥《は》ね上がってるのか、数カ所を撫《な》でるように押さえられた。髪の流し具合まで整えられると、最後に「よしっ」なんて納得《なっとく》した声とともに解放された。

「はい、できたわよ」

「あ、うん……あの」

「何よ？」

　……え、何その普通《ふつう》な感じ？　え、特にどうも思わないの？　僕《ぼく》ら男女よ？　こう、もっと触《ふ》れ合《あ》うのにドギマギする年頃《としごろ》じゃないの？　そんな感じなら毎日お願いしても良かったりすんの？　や、そんなわけねぇだろ夏川だぞ？　そんな接触《せっしょく》の安売りをするタイプじゃないはず。ガード固くないと逆に何か俺が嫌なんだけど。

「五千円で良いですか」

「要《い》らないわよっ」

しかも無料だとっ……？　あれか。無意識にやっちゃう系女子ってわけですか。ホント女って奴ぁこれだから！　芦田に影響《えいきょう》受け過ぎなんじゃねぇの！　無意識に男を魅了《みりょう》しやがるべらんめぇ！　今日頭洗わねぇぞ畜生《ちくしょう》このままワックスで固めてやらぁ！

11章 文化祭実行委員

出会いがあれば別れもある。若人《わこうど》は培《つちか》ったものを胸に、いつかまた会う日のために不安を抱きつつも前へ進む。暫《しば》しの別れ——そんな響きに一抹《いちまつ》の寂《さび》しさを覚え、俺はそっと上を見上げた。

『えー、明日から夏休みになります』

きっと明日は興奮して朝も起きれない（寝坊《ねぼう》）

夏休みの到来《とうらい》。これはビッグイベント。塾通《じゅくがよ》いの姉貴を尻目にゲームしまくろう。意外かもしれないけど、こういった長期休暇《きゅうか》をうまく満喫《まんきつ》する秘訣《ひけつ》は毎朝早起きする事だ。一日一日が長く感じるようになる。つっても学校のある平日ばりに早起きするんじゃなくて……だいたい八時から九時の時間帯に起きるのがダメ男に優《やさ》しい（※ダメ男談）

運動せずに過ごすなら朝と昼を合わせてブランチにするのが吉《きち》。毎日三膳《ぜん》食って体重維《い》持《じ》が許されるのは胃下垂と運動する奴だけだ。何より〝ブランチ〟って響きがシャレオツ。好き。

頭の中で罪なプラチナプランを組み立ててると、壇上《だんじょう》の学年主任の話が終わった。ぶっちゃけ一番トーク長ぇのって校長じゃなくね？　生徒指導とか学年主任とか、その辺のぶつくさ叱《しか》って来るタイプの先生だ。奴ら全校生徒を前にすると何もしてないのに怒って来るからな。寧《むし》ろ校長先生ってよく最後に喋《しゃべ》れるよな……言いたいこと全部言われてネタ無いんじゃねぇの？　無理して何か良いこと言おうとしなくていいから。

校長の立場になってもの悲しさを覚えてると、壇上に我らが生徒会長の結城《ゆうき》先輩が上がった。周りの女子が吐息《といき》だけで色めき立ったのが分かった。相変わらずシャープな顔立ちだ、顔っつーかアゴが小さい。しかもそんなイケメン度を自覚してるとか。そんな先輩にもやんちゃな時期があったらしいけど何かもうアダルティな想像しかできない。俺があの顔だったら絶対性格悪くなってたわ。

『えー、次は生徒会からのお知らせ』なんてＭＣ蒲田《かまた》（※古文漢文担当）が進行すると結城先輩が話し出す。どうやら二学期からのイベントに関わる話のようだ。

『文化祭の準備にあたって、実行委員には夏休み中の週三回、登校していただく事になります。より良い文化祭とするためにも是非《ぜひ》ご協力ください』

文化祭実行委員……また面倒そうな響きだ。これに限らず生徒は二学期から全員何らかの委員会に所属する事になるらしい。それは二学期の初日に決めるそうだけど、文化祭実行委員自体は今日決められるらしい。メリットとしては文化祭さえ終わればお役御免《ごめん》となる点だ。他の委員会のようにずっと続ける必要は無い。

四ノ宮《しのみや》先輩から風紀委員を激推《お》しされてるけどどうしよう。何をやるにしても面倒だけど、誘《さそ》われてるなら手を引かれるまま付いてくのも一考かね……。

ま、その時の気分で決めるか。

◆

「文化祭実行委員なりたいひとー！」

担任の大槻《おおつき》先生が努めて明るいトーンで尋《たず》ねた。〝めんどくさい〟。考えることはみんな同じなのか、その問いに誰も答える事は無く、なるべく先生と目を合わさない様にしている。五秒くらい無言の時間が続いたところで、先生はムッとした顔になった。

「誰も居ないならこっちで候補者しぼるよ」

「「……！」」

弾《はじ》かれるように顔を上げたのは俺だけじゃないはず。嫌な予感がするけどここで発言して不用意に目立つわけにはいかない。何となくだけど、先生の続きの言葉が予想できてしまう。

「はーい、部活してない人起立！」

ぐっふ。まぁそうだよな、普通そうなるよな。部活やってるやつは練習とか大会とかあるもんな。学校に限らず暇《ひま》なやつに仕事が回されるのは世の常……納得せざるを得ないわ。

反発するだけ無駄《むだ》かとゆっくり立ち上がると、先頭の俺に続いて隣と他の席からいくつも椅子《いす》を引く音が聞こえた。チラッと振り返ると俺を含め起立したのは六人。夏川《なつかわ》はしってたけど、こんなに部活してないやつが居るなんて意外だった。

隣は……いつも読書に耽《ふけ》ってる一ノ瀬《いちのせ》さんか。あんま話した事ないけどまぁドンマイ。文芸部があったら入ってたんだろうけど、今じゃ幻の部みたいなもんだし……恨《うら》むなら時代を恨め少女よ。高等遊民が許される時代じゃないのだよ。

他の皆は面倒な仕事をしなくて良くなったのかホッとしてる。一部「へへっ、ドンマイ☆」と言わんばかりにニヤニヤしながら俺達《おれたち》を見上げる奴らにイラッ☆とする。お前らマジで俺がかめはめ波使えるようになったら覚えとけよ。

「うーん……ジャンケンかな〜」

「もう佐城《さじよう》なっちまえよ！」

「山崎《やまざき》。山崎お前、山崎」

投擲物《とうてきぶつ》は無いだろうか。陸上部砲丸《ほうがん》持ってないの。

山崎を睨《にら》まんと横を見ると、芦田《あしだ》が有るよと言わんばかりに机の横に引《ひ》っ掛けてある黒いバレーボール袋を膝《ひざ》でど突いて来た。まさかオススメされると思ってないじゃん？　動《どう》揺《よう》が隠せないんだけど。なに、やっちゃって良いの？　借りるよ？

「お！　佐城君やってくれる感じ？　てか暇だよね！」

「あ、俺病《や》み上がりなんで」

「もう治っ────」

「はい！　ジャンケンターイム！」

「ええっ⁉」

嫌な予感がして久々に教室で大声出した。この期を逃《のが》してたまるか。今から俺はMC佐城……外堀《そとぼり》を埋《う》められる前にこの空気感をぶち壊《こわ》す！　文化祭実行委員になんてなってたまるか！　俺には悠々楽々な夏休みが待っているんだよっ！　クーラーの効いた部屋で高等遊民にっ……俺はなるっ！

「さ、最近大人しくしてると思ったら……！」

目立ちたくないとか言ってる場合じゃない、これは俺の夏休みが懸《か》かっている。絶対に空気感なんかで決められるわけにはいかない。公正な決め方ならまだ納得できるっつーもんよ。現時点で公正じゃないかもだけど。

帰宅部六人が教室の前に集まる。ジャンケンの神様……わたしに力を……！

「負けん」

「そんなに嫌ならもっと適当に理由付けたら良かったじゃない……」

「いやほら、ズルはさ……」

「そこは律儀《りちぎ》なのね……」

「あ、男女一人ずつだから分かれてやってね」

「えっ」

夏川の呆れたような言葉にガチレスしてると先生が爆弾《ばくだん》を放って来た。思わず固まってしまう。当方、野郎《やろう》二人。そんな残忍《ざんにん》な。

夏川を含めた女子四人が俺（♂）と田端《たばた》（♂）から離れる。一ノ瀬さんはこんな時でも本を離さなかった。好きだね……そりゃ俺みたいなやつが話し掛けてもウザいだけだわな。

気を取り直して、田端と向き合う。

「田端……話すのは何ヶ月ぶりか」

「さぁ……」

田端——普通のやつだ。普通を目指す俺にとって非常に参考になるけど、田端はどっちかっつーと普通ゆえに損するタイプっぽいんだよな……。「おい お前やれよ」なんて押し付《つ》けられたら頷《うなず》いちゃうイエスマンタイプに見える。俺と田端が融合《ゆうごう》したらいい感じになりそう。絶対ヤだけど。

「いざ尋常《じんじょう》に――」

「早くやろうよ」

「ごめんな」

ふ、普通……？　あれ、実はちょっと捻《ひね》くれてるタイプ？　よく考えりゃあんまり誰かと喋ってる印象が無いかもしれない。普通っつーより孤高《ここう》気取ってる孤独《こどく》なタイプだな。一人を好んでるフリして実は人恋《ひとこい》しく思ってるに違《ちが》いない（※偏見《へんけん》）。ちょっと仲良い感じに近付いたら案外チョロいかもしれない。全然イエスマンじゃねぇし。てか酷《ひで》ぇな俺。

気を取り直してジャンケンに臨《のぞ》む。テンション上げ目に行ってもどうせウザったそうに見られるだけだろうし、サクッとやるか。そぉれ、じゃんっ、けん、ぽん。

「うん。じゃ、田端頼《たの》んだわ」

「……」

すまんな田端。譲《ゆず》れねぇ戦いだったんだ。悪《わ》りぃが負けた以上は大人しく引き下がりな。もう一回なんて通用しねぇんだぜ少年？

「僕、塾《じゅく》とかあるんだけど」

「いや負けた後に言うなよ……」

流石に何だコイツってなった。反論すると田端は大人しく引き下がって先生の元に行き、自分に決まりましたと席に戻って行った。

あの、何か後味悪いからその感じやめてくんない？　もうちょっとトークしようよ……。

「――はーい、女子からは夏川さんね」

あら。

聞こえた大槻先生の声に振り向《む》くと、他の女子に囲まれた夏川がちょっと残念そうに笑っていた。夏川さん頑張《がんば》ってなんて応援《おうえん》されてありがとうなんて言っちゃってあんな感じが望ましいんだけど、もうちょっとどうにかならなかったか田端。なん――――ア、アイツッ……！　女子が夏川に決まったからかちょっと嬉《うれ》しそうにしてやがる！

ぐっ、ま、まぁ仕方ねぇ……今回ばかりは俺が負かしたんだから仕方ない。ここは大人しくしてようじゃねぇか。

男子は田端、女子は夏川と文化祭実行委員が決まって教師陣《きょうしじん》の胃を痛めるイベントはつつがなく終了、俺も面倒《めんどう》な役割を押し付けられる事無くホッとしたその時、ヤツは口を開いた。

「――田端、塾大変なんだって？　俺代わるぞ？」

佐々木《ささき》。田端の近くに座ってるアイツは急に何か言い始めたかと思えば、文化祭実行委員を自分が代わると言い出した。

佐々木の提案に田端は「う、うん……」とイエスを返して萎縮《いしゅく》したように下を向いた。クラスの中心的存在に不意を衝《つ》かれて思わず頷いてしまったって感じだな。またそれで大槻先生から感心したような目を向けられてんのがムカつく。

「あら、良いの？　佐々木君がやってくれるのはありがたいけど……サッカー部は大丈夫《だいじょうぶ》？」

「はい、一年はレギュラーとか無いんで大丈夫ですよ」

さっきのジャンケンは何だったの……。あっという間に男子の担当は佐々木に変わってしまった。これで男子は佐々木、女子は夏川と、イケメンと女神《めがみ》の組み合わせになったたつーわけだ。佐々木の大胆《だいたん》過ぎる行動に動揺を隠せないいんだけど。アイツ思い切り良過ぎんだろ。

てか怖い。夏川に対する気持ちを知ってる俺からすりゃ思惑《おもわく》が明《あ》け透《す》けだけど、他のみんなからしたら〝勉強に忙しいガリ勉君に気を遣《つか》って代わりに面倒事を引き受けたイケメン〟に見えてるんだろうな。佐々木と田端が逆の立場だったら〝何か急にしゃしゃり出て来た目立ちたがり〟なんて思われるに違いない。これがイケメンとの違い。

「うっわ、ささきんマジイケメンじゃん」

「ほう。なら俺は夏川の側近として側に付こうじゃないか」

「うるさいよつけ麺《めん》」

「つけ麺」

それは罵《ば》倒《とう》なの？　罵倒なんだろうな、目が物語ってやがる。場所が場所なら強烈《きょうれつ》なスパイクくらってるやつだわ。おいやめろ、俺の顔見て夢が覚めたみたいな顔すんな。常に現実見とけ。

「田端、礼くらい言おうぜ」

「え……あ、ありがと」

「いや、俺が自分で言い出したことだし気にしてないよ、勉強頑張れよ」

「う、うん」

ひぇぇぇ………。

近くのオラついた安田《やすだ》に黙《だま》ってる事を咎められ、田端は怯《おび》えるように佐々木に礼を言った。それに対して佐々木はカビをキラーするようなフェイスでシニカルスマイルを放つ。もうやめたげてよぉ……。

何とも形容しがたいこの感じ、めちゃんこ気持ち悪りぃ。ジャンケンで負けたくせに渋《しぶ》った時の悪印象なんか余裕《よゆう》で吹き飛んだわ。いつの間にか憐《あわ》れな印象しかない。もはや何しても立ち場悪くなって行きそう。こんな感じの空気感で追いつめられるやつ、何となく進学校の方が多そう。

「――――やだなぁ」

「え？　つけ麺いや？」

「いや、つけ麺は美味《うま》いぞ」

「へんっ、知ってるよーだ」

ええ……何なのこの子。美味いと思ってるＢ級グルメを三枚目野郎の喩《たと》えに使うなよ……あ、Ｂ級？　そーゆーこと？　は？　喩えめっちゃ上手《うま》くね？　普通に座布団《ざぶとん》一枚なんだけど。

「宜しくな、夏川！」

「うん、宜しくね佐々木くん」

佐々木ににこやかに笑い返す夏川。それを見てチクリと胸が痛んだ。理由なんて解り切ってる。アイドルの推しメンがスキャンダルされたら悲しいもんな。裏切られたとかそーゆー感情より前に、〝知らない男のものになる〟ってのがヤバいんだよなたぶん。アイドルにハマった事無いけど。そーゆーことにしとこう。

ジワジワと漏《も》れ出す感情に落ちついて蓋《ふた》をする。思いのほか冷静で居られるし、簡単に切り替えられそうだからついでに無かった事にしよう。アイドルならまだしも、お金でずら買えない幸せなんざ期待するだけ無駄だもんな。てかまだ佐々木と夏川がそうなるわけじゃねぇし。夏川が幸せならそれでオッケーですっ。

「えー、何かすっごいお似合いなんだけどあの二人……」

「おー、そうだな」

「え？」

「え？」

普通に相槌《あいづち》を返したつもりだったけど、芦田が超驚いたって感じで見返してきた。なにその反応……俺だって普通の感覚くらい持ってんだけど？　実際お似合いに見えんじゃん夏川と佐々木。

「さじょっち……何でそんな普通で居られんの？」

「いや……まぁな」

「……」

まぁ、芦田がそんな怪訝《けげん》な顔をする理由もわかんねぇわけじゃねぇけど。芦田は俺の夏川に対するアプローチを間近で見てたから。ここで俺が焦《あせ》った反応を見せないのもおかしな話か。まぁ、一応心の整理し始めてからちょっと経《た》ったからな。

そういや俺が夏川に言い寄ってた時は、どっちかっつーと芦田は呆れながらも面白《おもしろ》そうに俺を応援してくれてたタイプだったな。あの時は〝本気〟と書いて〝ガチ〟と読むくらいの熱量だったたし。色んなもんが盲目《もうもく》になってたなぁ……今も好きな気持ちは変わらないんだけどさ。

「そりゃあんなぐうの音も出ないほどお似合いだったら笑うしかねぇだろ」

「うーん、負け犬」

「貴様」

コイツ……淡々《たんたん》と言いやがった。冗談《じょうだん》抜きで残念なやつを見る感じがムカつく……もっと慮《おもんぱか》ってくれても良いじゃんかよ。ただでさえ負け犬の自覚あんだからダメージでかいんだって。熱い想《おも》い閉じ込めんの結構キツいんだからなっ。熱々の水餃子《すいぎょうざ》ばりに危ねぇんだかんなっ。

「ハァ……——あ？」

イケメンならざる者の不遇《ふぐう》さに溜め息を吐いてると、視界の端《はし》から強烈な視線を感じた。見てみると、佐々木が勝《か》ち誇《ほこ》ったような顔でこっち見て——こっち見んな。もう解ったから。どうだと言わんばかりにアゴ突き出してんじゃねぇよ逆に変顔だからそれ。

露骨《ろこつ》すぎて逆に冷める……別に止めようとしてないのに何なのその対抗心《たいこうしん》。イケメンがフツメンにメラメラすんなよ……好きにアプローチすりゃ良いじゃんかよ……何でわざわざ煽《あお》ってくんの？　もしかしてあえて俺にやる気を出させようとしてる？　なにその遠まわしな激励《げきれい》……余計なお世話過ぎんだけど。

この逆に鎮火《ちんか》して行く感じ……何だろう、くそムカつくはずなんだけどな……。

ああそうだ、ヤンデレブラコンの妹を持つ奴《やつ》に悪い奴は居ないんだよ。良さげな未来が見えねぇからあんま鼻についたりしないんだよ。だって絶対結婚遅《けっこんおそ》めじゃんアイツ。

佐々木……強く生きろよ？　夏川の事は微妙《びみょう》だけどそれ以外は応援してるからよ。過《あやま》ちだけは犯《おか》さないように気を付けるんだぞ……あ、そういやそろそろ定期報告しないとじゃん。遅れると佐々木が危ねぇわ、妹自慢《じまん》されて砂糖吐きそうとでも言って機嫌《きげん》取っとくか。

誰《だれ》ってそりゃ、有希《ゆき》ちゃ——

◆

「待ってたぞ佐城」

「あ、今日塾なんでさーせんっすー」

「待て待て待てッ……！　君は塾に入ってないだろう！」

まさに帰ろうとしたその時、下駄箱《げたばこ》で四ノ宮先輩が待ち構えてた。最近すげぇ来襲《らいしゅう》してくんなこの人。そんなに俺に興味津々《きょうみしんしん》なの？

嫌《いや》な予感しかなかったから田端の真似《まね》しつつ人波に紛《まぎ》れて急いでる感出してみたらまさかの「そんな訳ない」と断言されて腕《うで》を掴《つか》まれた。塾通ってるかもしれないじゃない……！　見た目で判断するんじゃないよっ。

「まぁ警戒《けいかい》する気持ちは解るが待て。別に改めて強引に勧誘しに来たわけじゃない。無駄な抵抗《ていこう》はやめろ。お縄《なわ》に付け」

「わかりましたわかりましたから！　逃げないいんでその連行する感じやめてくんないっすか！」

風紀委員長の四ノ宮先輩がいち男子生徒を捕《つか》まえるとかもう不良を粛正《しゅくせい》してるようにしか見えないから。前に生徒指導室連れてかれたときも「えー、何あれー?」ってなってたから。てか、かったッ……腕ビクともしないんだけど！

力を抜《ぬ》いてみせると、わかったのか腕を放してくれた。紛らわしいことしてくれたと恨みがましい目で見上げる。こうなれば勧誘《かんゆう》されてる立場利用して強く出てやる……。

「で、今度はどしたんですか」

「いやなに、この夏場に風邪《かぜ》を引くような軟弱者《なんじやく》を鍛《きた》えてやろうと思ってね」

喧嘩《けんか》売ってんのかこの風紀委員長。

え？　何でそんな「どうだありがたいだろう？」的な顔できんの？　真正面から堂々と軟弱者と言われて何て返せば良いのかわかんねぇよ。てか鍛えるってなに、この人何か武道でもやってんの？　筋トレ？　腹筋割れてんのか？　ホントに割れてそうで怖《こわ》いんですけど。

「あ。稲富先輩《いなとみせんぱい》が絡《から》まれてる」

「ん何ぃッ⁉」

愉快《ゆかい》すぎない？

面倒事は御免なり。ここはさっさと靴《くつ》を履《は》き替え——くっ……⁉　こんな時に限ってローファーに上手いこと足が入んねぇッ……！　面倒だからとスリッパ履《ば》きし過ぎたかッ……！

「佐城」

「すんません」

背中肉だるんだるんのブルドッグのごとく掴まれたらもう謝罪するしかなかった。これは生徒指導室直行かな？　稲富先輩の名前出して騙《だま》すとか藪蛇《やぶへび》でしかなかったわ。どうせ風邪ごときで昏倒《こんとう》する軟弱者さ俺ぁ。

「そんな不貞腐《ふてくさ》れたような顔をするんじゃない……風紀委員の事は抜きにしても、楓《かえで》の弟であり不本意ながらゆゆのお気に入りの後輩が病弱なのは寝覚《ねざ》めが悪い」

「や、別に体が弱いわけじゃ……って不本意ってなんすか不本意って」

あれか。この人くらいになると心の中に稲富先輩のファントムでも飼ってんのか。可愛《かわい》いもんなあの子……先輩なのに〝子〟って言っちゃったよ。アンタ卒業したらどうすんの……留年すんの？　ゆゆパイセン依存症《いそんしょう》で発狂《はっきょう》しない？

当然だと言わんばかりにニカリと笑う四ノ宮被告《ひこく》。ほんとイケメンって嫌《きら》いだわ何で女子なのにこんなキマッちゃうの？　……俺周囲の女子に睨まれてんだけど。

「まぁ騙されたと思って付いて来たまえ。私のお節介《せっかい》と思えば良い」

「はぁ……」

おかしいな？　またまた拘束《こうそく》されちゃってるな？　てかこの感じ腕組《うでぐ》みじゃね？　何でこの人にときめかないのか解ったわ。姉貴と同じカテゴリだからだわ。姉貴に匹敵《ひってき》する戦《せん》闘力《とうりょく》を感じる。や、寧ろここ数年で姉貴の攻撃力《こうげきりょく》が上がったのはこの先輩の薫陶《くんとう》だったか。

どうしてくれる。

明日から夏休みっ♪　これから勉強ばっかな毎日なんて忘れてたくさん遊んじゃうぞっ♪　海にお祭りに花火大会、旅行なんかも行っちゃったりして！　先《ま》ずはどれからしようかなぁ〜♪♪♪

「────だってのに何ですかここ」

「うちの家だが？」

「家……屋敷《やしき》？　いや家か……？」

例えばどんな家に似てるかと言われたら磯野《いその》さん家に近い。どの磯野さん家かって言われてもあの磯野さん家としか言えない。新時代の幕開けだっつーのに昭和っぽい蔵《くら》とかありそうだ。平成ジャンプっ。

んな事より先輩とはいえ女子高生の家に行くってもっとこう、ドキドキするもんなんじゃねぇの？　夏川《なつかわ》ん家《ち》に行く時の感覚と真逆なんだけど。この萎《な》えっぷりは一体なに？てか、ある方向からすっげぇ熱気が伝わってくんだけど。

「家ではあるが敷地《しきち》が普通じゃないのは確かだな。ほら、あんなところに道場が」

「あんなところに道場が有るんですけど」

「今言ったじゃないか」

初撃で理解してくれると思わないでほしい。オウム返ししてやっと存在を把握《はあく》できたわ。

あれれぇ？　あの建物からすっごい野太い声がたくさんするよ？　先輩ん家って大家族なんですね？

「ちょっと待ってくださいよ、何でこんな夏休み前に俺が道場なんて」

「いや、そんなキツいものじゃないんだ。何かの武道かと勘違《かんちが》いするだろうが違う。だから少しお試《ため》し感覚で体験してみるくらいに考えてもらえれば良い」

「…………」

何だそれなら別に――なんてなるわけないでしょうが！　武道をしないのに道場なんて余計に怪《あや》しいんですけど？　そもそも何を体験させられんの？　え、ちょ、急にそんな扉《とびら》開けたりして――

「失礼致《いた》します！」

「え、失礼しまっ、え、ええっ!?」

入場時の挨拶《あいさつ》とか事前に教えとくべきだと思うんだ。何が驚いたって、先輩が自分の前の横開きの戸じゃなくて俺の前のとこを開けたからだ。そんなに声張る必要あった？　おかげですっげぇおっかなそうな師範代《しはんだい》っぽい爺《じい》さんと屈強《くっきょう》な漢達《おとこたち》が一斉《いっせい》にこっち見たんですけど？

「ハッハッハ佐城《さじょう》。ハッハッハ」

「先輩。俺、初めて女子に手を上げようとしております」

「悪い悪いっ。初めて連れて来る友人には仕掛けてるんだよ！　ゆゆや綾乃《あやの》も面白い顔をしていたよ。特にゆゆ」

綾乃って誰だよ……あぁいつもの組み合わせ的に三田《みた》先輩か。何やってんのこの人。ほらぁ、あの師範代っぽい人もこっち見て呆れた目してるじゃないですかー、俺見て睨んでるじゃないですかー、ねぇ何でー？　さじょー帰るー。

帰らせてお願い。

「あの先輩？　話が違うじゃないすか。おもくそ空手家とか柔道家《じゅうどうか》っぽい人が組《く》んず解《ほぐ》れつしてんじゃないすか！」

「下品な言い方するんじゃない。確かに武道の師範代も居るがあの人達は外からお越《こ》しいただいてる方々だ。希望者だけが彼《かれ》らの特別稽古《けいこ》を受けている」

「し、信じられない……！」

「信じろ」

自らつらい道を選ぶなんて……！　子供の時に親に強制される以外に武道なんて選ぶやつ居んのかよ……！　一体何が良くて物心ついてから痛い目に遭《あ》いに行くんだよ。オリンピック選手も言ってたぞ、別に興味なかったけど引くに引けなかったから頂点目指したって！

「うちは武道じゃなくて精神道《せいしんどう》を教えてるんだ」

「〝精神道〟？」

「武道にも通ずる話なんだが、人は時と場合によって調子が変わったりするだろう？　本番に強いとか弱いとか」

「ああ、ありますね」

「精神道とはその塩梅《あんばい》を状況《じょうきょう》に最も適したものにできるようにしようというものだ。スポーツというより教室だな」

「つまり勉強なんですね？　嫌っす」

「楓《かえで》から聞いてるぞ？　家ではゲームばかりしていると。画面ばかり相手しても強くはなれんだろう」

「いやそん――ちょ、掴まないで！　四《し》ノ《の》宮《みや》先輩？　いったい俺をどうしようとしてるんですか!!」

「ゲームも強くなるぞ！」

「今考えただろアンタ！」

逃《に》げようとするどころか帰ろうとする俺。そして袖《そで》をしっかり掴んで逃がすまいとする風紀委員長。何でそんなに挑戦的《ちょうせんてき》に笑ってんの？　精神道なんだよな？　そもそも稲富《いなとみ》先輩の前だととても鍛えられてるようには見えないかんな！

「放してくだバイッ!?」

突如《とつじょ》響《ひび》く竹刀《しない》の打撃音《だげきおん》。びっくりして固まる俺達。きっとこの時なら抜け出《だ》せたんだろうけど、ビビるあまり身動きがとれなかった。振《ふ》り返《かえ》って確認《かくにん》すると、さっきのおっかなそうな師範代っぽい爺さんが竹刀を床《ゆか》に振り下《お》ろした状態のまま俺を睨んでいた。

「――そこの二人、近い」

「はいッ！」

きっと俺は今この瞬間《しゅんかん》、世界一良い返事をしたに違いない。四ノ宮先輩から離《はな》れんとするため踏《ふ》み込んだ足は竹刀を叩《たた》きつける音と同等の味を醸《かも》し出していた。

「二度と近付きません！」

「コラ佐城」

おい頭《ず》が高ぇよ四ノ宮先輩、頭下げろ殺《や》られんぞマジで。見ろよあの気迫《きはく》、それだけでスズメと俺くらいなら簡単に殺せそうじゃないっすか。え、俺死んでない……？　俺はもう、死んでいる……？　※生存

「凛《りん》、誰じゃこの小僧《こぞう》は」

「後輩《こうはい》の佐城だよ。風紀委員会に入ってもらおうと思って」

やっぱりそういう魂胆《こんたん》か貴様ァ!!　っかしーと思ったんだよ突然《とつぜん》こんなとこ連れて来てさぁ！　何で精神鍛えなきゃいけねぇのって思ってたんだよ！　てか早くない⁉　何ヶ月先の話よ⁉

「ほう……？　孫娘《まごむすめ》が男を連れて来たと思ったら後輩か」

「ちょ、変な誤解しないでよ！　柔《やわ》な精神を鍛えてもらおうと思っただけだから！」

「⁉」

え！　なに今のちょっと普通《ふつう》の女子高生っぽい口調！　四ノ宮先輩そんな喋《しゃべ》り方《かた》出来んの⁉　推せる！　推せるよ先輩！　お祖父《じい》さんの前だとただの娘《むすめ》に戻《もど》っちゃうのグッド!!

今の感じこれからも――

「貴様」

「ぴぃ⁉」

わたしスズメさん！　今怖いお祖父さんの前に居るのっ！　何だか凄《すご》く鋭《するど》い眼光で睨まれて気が滅《めい》入りそうなの！　気分は週の真ん中、水曜日のサラリーマン！　会社は魔王《まおう》城！

「小僧……佐城と言ったか」

「いえ、山崎《やまざき》で――」

「はん？」

「佐城です」

失言した。人生から更迭《こうてつ》されそう。ヤバい。

爺さんは俺をじろじろと見回すと、徐々《じょじょ》に虫を見るような目に変わって行く。何で初対面の相手にそんな目できんのって思ったけど、武道士という名の異世界生まれと思うと何かストンと納得《なっとく》できたので勝手に偉業《いぎょう》を成《な》し遂《と》げた歴戦の覇者《はしゃ》と思う事にした。爺さんの部分が首から上だけだしな。腕《うで》の筋だけ見たら完全に俺の方が老人だし。

「軟弱者じゃな」

「だから鍛えようと」

「此奴《こいつ》が強くなれると思うか？」

「だから帰ろうと」

先輩↓俺の流れで反論合戦。いっその事この爺さんが俺をとことん嫌ってくれたら良いんだけど。何だかそれを通《とお》り越して危険な香《かお》りがしてきたかもしんない。ってかこの爺さんいったいどこ見て――先輩が俺の腕掴《つか》んでるとこ？

う、うーんちょっと腕掴む力強めるの止めましょう先輩。向けられてる眼光からビーム出そうだから。接触《せっしょく》、先ずは接触をやめましょう。風紀委員長としてどうなんですか？

不純異性交遊ですよ。

「小僧、凛とどういう関係じゃ」

「姉がギャル友です」

「違うだろ！」

……え、違うの？

◆

先輩の親友が姉であり、俺がその弟であると話すと（長い葛藤《かっとう》の末）、「友達の少なかった孫娘の親友の親族には敬意を示さねばなるまい」と態度を改めて頂けた。「一姫二太郎《いちひめにたろう》の男は尻《しり》に敷《し》かれるタイプで弱いから安全じゃ」と謎《なぞ》の理論を展開された俺は、既《すで》に心が満身創痍《まんしんそうい》の状態で心を鍛えるというストイック極《きわ》まりない鍛錬を行う事になった。

「精神道は現代に活《い》かせるもので、あらゆる場面で有利になれる。人前に立つとき、議論をするとき、プレゼンテーションを行うとき、理不尽《りふじん》で嫌な上司と対峙《たいじ》するとき、大抵《たいてい》の者は頭が真っ白になってしまうが、そこで平常心を保つ事ができる」

実感篭《こも》ってんなこの爺さん。若かりし頃《ころ》に何があったんだよ。絶対遅咲《おそざ》きのタイプだったろこの人。

でもまぁ話を聞く限りじゃお得感ありそうだな。テンパらなくなるなんて最強じゃん。言われたら確かに民度のクソ低いオンゲの中でも使えそうな精神論だわ。ちょっと興味出て来た。

「四ノ宮先輩はどのくらい鍛えてるんですか？」

「子供の頃からとしか言いようがないな、憶《おぼ》えていない」

「その割には稲富先輩の前だとハジけて――」

「それとこれとは話が違うんだよ佐城。愛《め》でるべきものは愛でるんだ。小鳥や花を見て無感情に真顔で居るなんてつまらないだろう？」

小鳥と花と稲富先輩。何だか詩が書けそうだ。適当に頭の中で稲富先輩に読み上げてもらうとみるみる舌足らずの声になって行った。おかしいな？　姿は変わらないのに幼げな声がハマってるのは何でだろう？　稲富ゆゆ（CV：稲富ゆゆ）。

「〝精神統一〟という言葉がある。仏教色も強く、辞書を開けばそれらしい説明が書いてあるがあんなものは専門家が取《と》り敢《あ》えず定義付けたものに過ぎん。無数に存在すると思え」

「は、はぁ……」

座禅《ざぜん》を組め。そう言われ座《すわ》ろうとするものの頭に浮《う》かんだあの達人っぽい座り方はできなくて単に胡座《あぐら》をかく事しかできなかった。でもそれで良いらしい。寧《むし》ろ足先を膝の上に乗せるのは足が固定されて傍目《はため》で動揺が読み取れないから邪道《じゃどう》とまで言われてしまった。

いや、やるつもりなんて無いんだけど。

痛かったりつらかったりするのは無さそうなんで目を瞑《つぶ》って話に耳を傾《かたむ》ける。

「《観条流《かんじょうりゅう》》は頭文字《かしらもじ》の通り〝観〟を極める。タイプは二つに分かれており、〝精神統一〟と〝心頭滅却《しんとうめっきゃく》〟がある」

かんっ……え、何て？　日本語喋《しゃべ》ったの？　寧ろ日本語過ぎて全く分からなかったんだけど。横文字で言ってくんないかな？　俺結構アメリカンでボヘミアンだからさ。

何が何だか解らず戸惑《とまど》ってると、それを察したのか四ノ宮先輩が補足するように説明してくれた。

「両方とも縦棒のグラフで想像すると解りやすいぞ。〝精神統一〟であれば、様々な感情の度合いを示す凸凹《でこぼこ》なグラフが全《すべ》て平均的に調整され水平に揃《そろ》うと思えばいい。それでは〝怒《いか》り〟や〝悲しみ〟と言った負の感情が上がってしまうのではないかと思うかもしれないが、上手いこと相反する感情と相殺《そうさい》し合う」

んん？　あ、えと……そうなんすね、マジすげぇっす。パねぇっすわマジで。俺《おれ》マジでクールだわ、それ極めてこれからギャルっぽい女子とか簡単にあしらっちゃうから。つーわけで宜《よろ》しく頼《たの》んます。

いやいや……あのですね？　折角《せっかく》説明して頂いたんですけど全然付いて行けてないんすよ。グラフ？　負の何ちゃら？　何これ病《や》み上《あ》がりの時の数学なの？　そのうちAとかBとかXとか出てくんじゃねぇだろうな……。

「対して〝心頭滅却〟は一切《いっさい》の感情を無に還《かえ》すものだ。先ほどの縦棒グラフで喩えるなら全てがゼロの状態にあると思ってくれ。ちなみにだが、こちらの資質は武士の時代だったら危険視されている。人を殺《あや》める事に対する意識が低かった時代においてはあまりに危険な資質だったと思われていたからだ。平和な今の時代だからこそ許される超人的《ちょうじんてき》な資質だな」

んんっ!?　いま何か急に物騒《ぶっそう》な事言いませんでした!?　殺めるとか何とか……俺は今から

何を覚えさせられるんですかね！　物騒なのとかそんな……駄目《だめ》ですよ？　ほら俺ってラブ&ピースだから。白い鳩《はと》とニューヨーク大好き。鳩サブレ食べたい。

「とりあえず今日は貴様の資質がどちらかを観《み》てやろう。余計な事は考えなくても良いから、瞑想《めいそう》して心を〝無〟にする事だけを考えろ。定義なんかどうでも良い、貴様なりの〝無〟を見せてみろ」

「え？　え？」

「何を呆《ほう》けておる！　心を〝無〟にせよと言ったのだ！」

ひぃんっ。

側に竹刀を叩き付けられた。驚《おどろ》き過ぎて情け無い声が出ちゃったけど慌《あわ》ててどうにか適当な姿勢を装い、目を瞑って心を空っぽにする事にした。

すぅ……と微睡《まどろ》んで行く頭の中。夏休みの計画が浮かんだ。〝計画〟なんて言ってみたものの大した内容じゃない。ゲームしまくろーとか、寝《ね》まくってやるーとか、バイトとかやっちゃおうかなーとか。そうだよ小遣《こづか》いどうにか捻出《ねんしゅつ》しないと新作のゲーム買えないんだよ。やっぱバイトしないとダメか……。

……え、いやちょっと待って？　心を空っぽにするってどうやってするん？　サラッと言われたけど俺なりのやり方なんて何も無いんですけど。えっと、えぇーっと……うーん

――。

『…………わたるっ…………』

ぶるぅああああああああッ！！！？

何で!?　何でこういうときに限って切なげな夏川のどエロい妄想《もうそう》が出てくるわけ!?　急に出てくんじゃん思春期!?　てか終わってなかったの俺の思春期！　おちけつッ――落ち着けよ俺!!　こういう時こそ日頃《ひごろ》考えてるクソみたいな事考えりゃ良いんだよ！　鎮《しず》まれ俺の短小粗《そ》〇〇!!

ヤバいヤバい集中力が皆無《かいむ》。ちゃんとやらなきゃって思えば思うほど変なこと考えちゃうわ。胸の内だけならともかく、それを表情に出しちゃったら完全にアウトだなこれ。はあ……集中集中。

『…………楓《かえで》』

『…………颯斗《はやと》』

ギャアアアアアアアアアッ！！！？

何で姉貴と結城先輩の濡《ぬ》れ——グハァッ⁉　気持ち悪っ！　自分の姉でそういう妄想すんの気持ち悪ッ⁉　いやいや何でこんな妄想しちゃうの⁉　考えたくないのに考えちゃうこれ何なの⁉　俺何なの⁉　佐城渉《わたる》って何なの⁉　イケメンなの⁉

「ふん……おい、目を開けぃ」

「へっ？　……ッ！！？」

「〜〜っ〜〜〜……」

たいそう気に食わなさそうに命令されたと思ったら、目の前にめっちゃ動揺《どうよう》した感じの四ノ宮先輩の顔があった。衝撃《しょうげき》過ぎて声が出ず、何故《なぜ》かその目をジッと見てしまう。

え……？　てか何でこんな至近距離《きょり》に？　鼻先付きそうなんだけど。修行《しゅぎょう》の一種か何か……？　俺より四ノ宮先輩の方がぷるぷる震《ふる》えてんだけど。

そうだよこれだよ！　こういう風に年頃《としごろ》の男女って目が合うだけでどぎまぎしちゃうもんなんだよ！　何なんだよ夏川のあのへアタッチは！　甘酸《あまず》っぱさ無さ過ぎて思わず普通に髪《かみ》直してもらっちゃったよ！　嫌われてるわけじゃないって解っちゃった分なんか余計にアレじゃねぇかこれからどう振る舞《ま》えば良いの俺ッ……⁉

――あ、夏休みじゃん。当分会わなくて済むわ。良かった良かった……寂《さび》しいよぉ。

「さ、佐城ッ……⁉ 何で泣きそうになってるんだ⁉」

「そうかぁ……一ヶ月以上会わねぇんだ……」

「何の話だ⁉ 私か⁉ 私の事を言っているのか⁉」

去年はどうしてたっけ……夏川がまだスマホ持ってなかったから……ああそうだ夕方に買い物に出るサイクルを見つけて待《ま》ち伏《ぶ》せたんだったか。あれ、これアウトじゃね？ ストーカーじゃ……あれれ？ 何故か荷物が凄い重かった記憶《きおく》が蘇《よみがえ》って来たぞ？ 何で俺荷物持ちしてんの？ すっげぇ腕がぷるぷるして痛かったの思い出した。

夏川愛華《あいか》……ああ、頭の中の妄想もやっぱ可愛いわ。現実と理想の差異が無いって凄くない？ ドンピシャなんだぜこれ以上の運命ってある？

――あぁ……。

急に春の終わりの記憶が思《おも》い浮かぶ。鏡に映り込んだ薄《うす》い作りの顔と悪足掻《わるあが》きのような茶髪《ちゃぱつ》と髪型《かみがた》。あまりに中途半端《ちゅうとはんぱ》なマッチングに不細工とかイケメンとかの前に妙《みょう》な気持ち悪さが湧《わ》いたのを思い出した。何でこんな頑張《がんば》っても意味の無い事をしてんだろうって……疑問ばかりが浮かんだんだっけ？

そうだ、俺じゃねぇんだわ、俺じゃなかったわ。ゴールを見てみろ、ほら、そこには夏川どころか――ああ、そうだよな、散々考えたじゃんか。頑張って隣《となり》に立ったとしても、色んな奴にどうにか食《く》らい付《つ》いてくだけの毎日じゃんか。そんなの、磨《す》り減るだけでもっとつらいじゃんか……。

「――――いッ――――しょうッ!!」

だから欲《ほ》しいんだよな……クソみたいに普通な、同じ事ばっか繰《く》り返されるような楽な日常が……。

「――――おい！　佐城！」

「にゅべあッ!?」

突然強く揺《ゆ》らされ、口の中で舌が暴れて変な声が出た。

「何ですか!?　敵襲《てきしゅう》ですかッ――――って、あれ？」

変なことを口走ってしまった。完全にＦＰＳのやりすぎですね。

「何ですかじゃない！　目が虚《うつ》ろになってたぞ！」

「あ、あれ……それはもしかして出来てたんじゃ……？」

「《観条流》はそんな不気味なものじゃない！」

「不気味……」

〝目が虚ろ〟。その言葉だけで厨二魂《ちゅうにだましい》をくすぐるものをちょっと感じたけど普通に顔の整ってる女性に不気味って呼ばれんのはダメージがデカい。普通にショック。さっきの可愛い顔もっかいしてくんないすかね。

「まったく……何を考えてたんだ君は」

「何って、心を〝無〟にしてですね――――」

「心を〝無〟になどできんぞ小僧」

「……はい？」

横から口を出してくる爺さん。何を言うかと思えば矛盾《むじゅん》する言葉だった。

ええ……じゃあ何で瞑想させたの。必死になって要《い》らんこと考えちゃったんだけど。ほとんど邪念《じゃねん》だったわ。無理って分かってんならせめて神秘的なもの考えれば良かった。

「考える生き物である人間が何も考えずに居られるわけなかろうが。今のは〝心を無にせよ〟と言われて何を考えるかが肝《きも》だったんじゃ」

「ほとんど邪念でしたね」

「凛のせいか」

「いえ全然」

「何故だ⁉」

いやほら、やっぱ夏川と出会ってる俺からすればキュンって来るのは夏川だけっていう

ったたけど可愛いだけでキュンとはしなかったっていうか？　さっきの四ノ宮先輩もちょっと可愛かったけど可愛いだけでキュンとはしなかったか？


「〝心頭滅却〟型じゃな」

「え、俺超人的《おれちょうじんてき》なんすか」

「凛がそう言っただけで別にそこまではない。普通なら〝瞑想〟と聴《き》けば神聖さを感じるから〝心頭滅却〟型は稀《まれ》なんじゃ。それなのに貴様は嘘《うそ》まで吐《つ》いて後ろ向きな考えをしおって……近頃《ちかごろ》の若造は」

え、怒《おこ》られてる？　心頭滅却型ならそれはそれで良いんじゃないの？　心をゼロにできるとか何とかで今は寧ろワクワクしてるんだけど。なに、もしかして現代でも禁止レベルの才能があったとか？　てか嘘って……確かに最後の方はそうだったかもだけど。

「〝心頭滅却〟型……状況に応じて自分の内で清算する力が肝要《かんよう》じゃ。貴様は清算しようともせずに放《ほう》り投《な》げおったな、未熟者め」

「……！」

「ちょ、お祖父様っ……私はそんな説教を聴かせるために彼を連れて来たつもりじゃ――」

「ああいや、良いっすよ先輩」

〝放り投げる〟……間違《まちが》ってはない。実際放り投げた部分もあるから。そんなのは前から解ってた。劣等感《れっとうかん》持ってんのは確かだけど、それで捻《ひね》くれて当たり散らかすよりは相応の立場っぽいとこに収まって相応の振る舞いする方が余程《よほど》良いだろ。向上心が無いのは確かかもだけど、余計つらいとこに向かってく事に何の良さがあるんだ。それで給料上がんのなら話は別だけどさ。

「ちなみに、〝精神統一〟型の基準は……？」

「〝自分を自分の外に置く力〟……客観的な思考が肝要と言える。この現実を本に置《お》き換《か》えて、読者や筆者になれるとなお良い」

「わ、私は佐城は精神統一型だと思っていたが……」

「何か根拠《こんきょ》があったとして、その時の此奴は〝当事者〟だったのか？」

「あ……」

初対面の時の四ノ宮先輩と稲富先輩の一件か？　確かにあの時は当事者じゃなかったな。考え方どうこうじゃなくて、実際に俺は横から他人事《ひとごと》みたいに口出しただけだし。

……成る程。さっきの妄想だと自分を登場人物の一人として考えてるから俺は〝精神統一〟型じゃないわけだ。確かに傍観《ぼうかん》する立場なら他人事だし目が虚ろになったりしなそうだ。精神道……よくできてるわ。え、じゃあ姉貴のアレは？　いや、忘れよう。

夢とかが良い判断材料か……？　端《はた》から眺《なが》めてるだけの夢か、自分自身として過ごす夢とかあるもんな。確かに、あんま憶えてないけどそう言われると自分自身として過ごす夢が多い気がしてきた。

◆

宣言通り、俺の考え方？　が分かったところでやっと解放された。何となく自分で自分に不明瞭《ふめいりょう》な部分があったから、そこを掘《ほ》り下《さ》げられたのは良い機会だったと思う。それに心の整理のつけ方——自分を自分として考えるばかりだったけど、他にも違《ちが》うやり方もあるんだなって勉強にはなった。

ただげんなりしたのは、勉強になりましたと礼を言っても先輩のお祖父さんがもう二度と来るなと言わんばかりの厳しい目を向けて来ることだ。そもそも若者と気が合わない気質のような気がすんだけど。四ノ宮先輩は別として。

「いやぁ、あれっすね。先輩」

「！　な、何だ佐城」

「俺に風紀委員は荷が重そうっす」

「そ、それは……」

色んな考え方を知ったところで、それを手段として利用はできても、自然な考え方にできそうになかった。風紀委員長たる四ノ宮先輩の気風の基《もと》になったのがあの爺さんなら、その爺さんに未熟者呼ばわりされた俺は空気感や人間関係的にも風紀委員には馴染《なじ》まなそうだ。稲富先輩や三田先輩も通った経験があるならなおさらだろう。

「んじゃ、今度はまた二学期のどっかで」

「ぁ……」

四ノ宮先輩と別れて正門を出──いや〝正門〟って何？　普通の家の門ってそんな風に呼ぶっけか。もう何かの公共施設《しせつ》に居た気分だわ。

特に何か心変わりしたわけでもない。それでもどこか頭の中には調子に乗ってた頃の懐《なつ》かしさがあって、あの頃の愚《おろ》かな日々が狂《くる》ったように繰り返し再生されていた。

13章　第二の勧誘

　夏休みは引《ひ》き篭《こ》もって延々とゲームに勤《いそ》しむ――それを理想としてたけど、今後も程《ほど》良《よ》く自分の生活を豊かにするには必要なものがある。

　そう、￥である。こう言うと何か万単位の額をやり繰りしてる感あってちょっとカッコ良い。何《なに》を隠《かく》そう、この長期休暇《きゅうか》を利用して社会経験を積もうと言う腹積もりなのだ（※超建前《ちょうたてまえ》）。てかもう出勤初日なのだ。

「本当に良いんかいな？　高時給でもあるまいに」

「いやぁ充分《じゅうぶん》っすよ。有り余る小遣いが欲しいわけじゃないんで」

　探し抜《ぬ》いて見つけたのがこの閑古《かんこ》鳥《どり》鳴きまくるガチで最低賃金の古本屋。不満はないけど強《し》いて言うなら高架《こうか》下《した》近くで車の音がうるさいくらいか。個人経営で、完全に店主の爺さんの趣味《しゅみ》。時給が安い分仕事が本当に楽なのがセールスポイント。何より粗《そ》暴《ぼう》な客みたいなのはそもそも古本屋に来ない。

「買い取り査定に値札シール、在庫整理は私がやるから、本の整理と接客は頼めるかね」

「寧ろそれだけで良いんすか？」

「接客やってくれるとか神だから」

〝神〟の使い方ヤングだなこの爺さん。さてはどっかにラノベが置いてあるな……？　整理は任せろ、俺の事務雑務能力が火を吹《ふ》くぜ！　火吹いちゃ駄目だな……。

そっち方面は入学前の春休みでのコンビニバイトで経験済みだ。しかもこれは姉貴にもバレていないという暗黒時代。割と激務でキツかった記憶がある。二度とやらねぇ、特にレグさんとかいう外国人の同僚《どうりょう》に日本語を教えるのが怠《だる》かった。何で採用しちゃったの……。

それに比べてこの古本屋よ。本の取り扱《あつか》いさえ丁寧《ていねい》にしときゃ客側ができるだけ喋りたくない系の層ばかりだ。古本読むギャルとかヤンキーとかファンタジーだからマジで。

「あーん？　ここタバコ売ってねぇのー？」

「あ、ここただの古本屋なんすよー」

あーやっぱこういう事もあんのか。休憩《きゅうけい》入ったら『タバコ販売《はんばい》しておりません』ってポップ書いて入り口にでも貼《は》っとくか。……古本屋に？　明朝体《みんちょうたい》とかで書いた方が良いのかな……黄ばんだ用紙に筆ペンとか使っちゃって。

業務中は本の整理ばっかだからほとんどレジは伽藍堂《がらんどう》。ギャランドゥー……暇《ひま》になると頭ん中腐《くさ》ってくな。仕事モードのスイッチ入れてるときに暇になると逆にキツいんだよ。

「店長、本の整理終わりゃっしたー」

「ほ、本当かっ……？　本当だ……お前さんを採ったのは当たりだったよ」

「え、他に居たんすか？」

「顔中ピアスで金髪《きんぱつ》の――」

「あ、オッケーす大丈夫《だいじょうぶ》っす心中お察しするっす」

「すまんの……」

接しやすい。接しやすいよこの爺さん、どっかの道場の師範代とは大違《おおちが》いだわ。竹刀も持ってないし。昭和から脱出《だっしゅつ》してる感じするわ。ウェルカムトゥ平成――終わってんじゃねぇか。早く脱出しないと。付いて来れるか爺さん……！

「一人居るだけでこんなに違うとはの。お前さんの要領の良さもあるんだろうが」

「コンビニバイトとかやってましたからね。このくらいの仕事量なら寧ろ何かしてないと逆につらいっすよ」

「ええのぉええのぉ。今日はもう上がって良いぞ。若者の時間を奪《うば》うのは趣味じゃない」

「え、でもまだ三時間――」

「ちゃんと五時間で付けとくから安心せい。既にいつもの業務の八割が終わっとる」

最高かよ何だここ。んで大丈夫かよ何だここ。潰《つぶ》れかけの店で楽するために入ったのにすげぇ愛着湧きそうなんだけど。ヤバいどうしよう、死ぬほど明朝体のポップ作ってやらぁ見とけ爺さん。

◆

「十一時……だと？」

車走音の響《ひび》く高架下。そこで肉まんを頬張《ほおば》る高校生、俺。まだ午前中なんだぜ？　バイト終わった時間とは思えねんだけど。下手すりゃこの時間にどっかの店の掛《か》け札《ふだ》が〝OPEN〟に変わる時間なんじゃねえの。ホントに？　本当にお給料もらっちゃって良いの？罰《ばち》当たらない？

「テメェふざけんじゃねぇよコラッ!!」

え、リアルタイムに罰当たっちゃう感じ？　マジかよ爺さん、まさか明朝体が気に食わなかった？　テーブルにちょっとインク染《し》みたのバレちゃったかな……そりゃ罰当たるわ。や、冗談抜《じょうだんぬ》きで何かヤバくねどうしよう。人気《ひとけ》無い場所だし、女子高生あたりが絡《から》まれてる感じ？　気が付かずに直《す》ぐそこまで近付いちゃったもんだから立ち去る俺の背中見られんだよね多分。

「……あれ？」

あれ小っさ、小せぇな。部活に行く途中《とちゅう》の中学生が小学生の男の子虐《いじ》めてる感じか。よく考えたらこの辺って反対側がビジネス街だけあって治安は良い方なんだよな。高校もうちしか無いし。何か拍子《ひょうし》抜けっつーか。

あれなら――――まぁ、良いか。

「うら、やめろコラ」

「――――ゲッ、高校生⁉」

自分でもよく分からんけど気が付いたら何の考えも無しに中学生達の前に出てた。ホントに何も考えてなかったんだけど何やってんの俺……でも謎の自信が有る不思議。相手が見るからに中学生だからかね……？　高校上がってイキっちゃった感じ？

「んだテメェ殺されてぇのか!!!」

「あーオッケオッケ、殴《なぐ》りゃ良いよもう。あ〜あ、大丈夫きみ……？」

「なッ……何だよお前」

「怪我《けが》無い？　押《お》し飛ばされただけか。良かった良かった。立てそう？」

声変わり途中の声で凄《すご》まれてもあんま怖《こわ》くねぇな。

ぐすぐす泣く小学生を立たせて怪我が無いか見る。痛いところが無いか訊《き》くとちゃんと頷《うなず》いてくれた。近くに放られた鞄《かばん》は傷一つ無い。ランドセルとかだったら日常的なイジメか判断しやすいんだけど。小学生ももう夏休みか。

何か言ってる中学生達をガン無視して男の子の世話してると、中学生らはぶつくさ言いながら自分達の鞄を持って去って行った。遠くから悪口が聞こえる。あんにゃろ。

気を取り直して、できるだけ穏《おだ》やかな——まぁ何と言うか真っ当な大人っぽいトーンで尋《たず》ねてみた。

「名前、言える？」

「さ、ささき——」

まさかの。

「ささきこうた」

あ、名札付けてる——〝笹木光太《ささきこうた》〟か。何だろう、超安心《ちょうあんしん》した心地《ここち》がする。アイツとかぶってたらこの先の対応が少し変わってたかもしんない。有希《ゆき》ちゃん……弟居たらどんな性格になってたんだろうな。よく分からんけどその弟は早熟する気がする。

「そうか……お家《うち》の人と連絡《れんらく》取れるものはあるかな」

「んっ……」

左胸の名札をつかむ笹木光太くん。ちょいとごめんね、なんて光太君くんの名札をひっくり返させてもらうと、そこには緊急連絡先《きんきゅうれんらくさき》と書かれた紙が挟《はさ》まっていた。成る程、だから夏休みになっても付けてたのか。逆に危ない気がしなくもないけど……。まあ良いや、こういうのは下手に連れ歩く方が危険なんだ。高架下とか最低のシチュエーションだし、さっさと電話しよう。

「あ、笹木さんのお宅ですか？　実は――」

◆

コンビニで『ポケットウェッティ』なるものを買い、ご老人達《たち》が日向《ひなた》ぼっこしている広場で鞄を拭《ふ》き拭きしてると、明らかに取り乱した様子の女性がパタパタと駆《か》けて来た。

まず目に入ったのははためくロングスカート。女子大生を思わせる垢抜《あかぬ》けた容姿にテンション上がる。めっちゃお姉さんっぽい人が現れた。これは海老《えび》で鯛《たい》が釣《つ》れたパターン――おっといかんいかん……。

少し周りをきょろきょろしてから俺の隣に立つ光太くんを見つけると、名前を呼びながら小走りでこっちに向かって来た。光太くんも「おねえちゃん！」と叫《さけ》びながら抱《だ》き着きに行った。

「コウくん……！　良かった……怪我は無い？」

「うんっ、大丈夫だよおねえちゃん！」

小学校の道徳の教科書に載《の》りそうな絵面だな。教育テレビとかでドラマ化したらありそうな光景……こんなありきたりな再会シーンでも生で見るとちょっと「おおっ……」ってなる。願わくば赤の他人として眺めたかったんだけどな……目の前の光景が神々《こうごう》し過ぎて実感ねぇよ……俺ホントに当事者？

さっさと立ち去るのも怪《あや》しさしかないし、申し訳ないけど説明だけさせてもらうか。平静装《よそお》えるかな俺……。

「あの、すみません。先ほど電話させていただいた者ですが」

「！　あ、はいっ、貴方《あなた》が……」

私だ――あ、違う違うふざけたいわけじゃないの。

改めて正面から見ると超《ちょう》お姉《ねえ》さん。全身からふわっふわオーラが溢《あふ》れ出《で》てる。女子大生ってやっぱ高校生とは違うんだな。夏川《なつかわ》は当然として、芦田《あしだ》とかも進化するもんなのかね。突然変異されて芦田にどぎまぎするとか嫌《いや》なんだけど。

「そこ出て近くの高架下――帰り道だったんですけど、中学生に因縁《いんねん》付けられてたみたいなんで声を掛けさせて頂きました」

「はいっ、そのっ、本当にありがとうございました……！」

「ああいえ気にしないでください。それと、光太くんから詳《くわ》しい事をまだ聞いてません。話は落ち着いてから聞くとして、帰ったらまずランドセルに過度な傷痕《きずあと》が付いてないか見てください。今回みたいなのが初めてかどうかはまだわかっていないので」

「は、はい！　家で確認《かくにん》します……」

殴る蹴《け》るの暴力は見なかった事と、一応危惧《きぐ》してる内容だけ伝えた。こう自分の話に真摯《しんし》に耳を傾《かたむ》けられるのも中々無いから思わずアフターフォローに力が入っちゃうな。ポロシャツ着てて良かった。ほら、何か大人っぽいじゃんポロシャツ。

にしても目の前にするとこのお姉さんマジでやべぇな。袖《そで》のヒラヒラした服だけど、夏の空の下を走って来たからかちょっと張り付きが……ヤッバい、このまま接してると俺のクソみたいな部分がボロボロ出そう。こんな綺麗《きれい》な人に変な目で見られたくない。早く退散した方が良いかもしんない。

「あの、それじゃお大事に――」

「あっ、あの……すみません。何か連絡できるものとか……」

ですよねー……名乗ります名乗りますとも。こういうの断ると怪しいだけだもんな……。

「――佐城《さじょう》さん、とおっしゃるんですね。わぁっ、鴻越高校《こうえつこうこう》の生徒さんだったんですね！」

「え？　ええまぁ。家からも近いし、進学にも使えるとこだったんで」

百聞《ひゃくぶん》は一見《いっけん》に如《し》かず。バイト契約《けいやく》に必要だった生徒手帳を見せて身分を証明。俺は怪しいものじゃないのだよ。ほらポロシャツ着てるし。

惚《ほ》れた女子追《お》い掛けて猛勉強《もうべんきょう》して入ったなんて口が裂《さ》けても言えねぇけどな。てか何で俺は光太くんを真ん中に三人で座ってんの？　姉貴以上のお姉さんに耐性《たいせい》なんて無いんですけど？　まぁ真正面にして話すよりマシか……。

「良いですよね鴻越高校っ！　制服も可愛《かわい》くて敷地《しきち》も綺麗だし、大学のキャンパスみたいですよね！」

「そう、なんですかね？」

「そうなんです！」

女子大生の彼女《かのじょ》が言うならそうなんだろう、そんな事より母性溢れるお姉さんがキャッキャしてんのがヤバイ。なにそのギャップ、童貞《どうてい》を殺しにかかってるよね。うへへぇ。

話を戻《もど》して――うちの学校の中庭は一面芝生《しばふ》が敷かれてるからな……つっても芝生の上に直接座るやつなんて居ないけど。座るにしても基本ベンチだし。

うちの高校を知ってるって事は卒業生なのかな？　だとしたらもっと良い場所知ってんじゃないかな……個人的には校舎裏の林っぽいとこを抜けた先の東屋《あずまや》なんて穴場なんじゃね？　今じゃ藍沢《あいざわ》と有村先輩《ありむらせんぱい》の愛の巣だけど。

「光太くんのお姉さん——笹木さんはとても大人っぽいし、大学のキャンパスとか似合いそうですね。芝生の上に座って本を読んでる光景が浮かびます」

「い、いえそんなっ……私は大人っぽくなんてないですよっ」

「いえいえ、笹木さんが大人っぽくないなら周りは子供だらけですよ」

「あ、ありがとうございますっ……そんな事言われたのは初めてです。最近急に背が伸《の》びちゃって……少し前まで本当に子供みたいだったんですよ？」

「はは、想像できないですね」

この謙遜《けんそん》。俺に合わせてくれてるからなのか笹木さんの包容力がただヤバいだけなのか判んないけど、こうして話してるだけで心地《ここち》好《よ》く感じる。喋った言葉全部を素直《すなお》に受け止めてくれるとか最高かよ。これが〝大人の余裕《よゆう》〟ってやつ？　もう褒《ほ》め言葉《ことば》しか浮かばないんだけど。

また反対にちょっと余裕無さげに照れてくれるのとかマジで刺激《しげき》強い。わざとやってたりして……うわぁ、信じたくねぇな。どっちにしたってこの人超モテそう。夏川同様、俺にとっちゃレベル高過ぎて途中で挫折《ざせつ》味わっちゃうタイプだわ。あまり接してると俺の寿《じゅ》命《みょう》が縮みそうだし、今度こそボロが出る前に退散するか。

「――光太くんはそろそろ落ち着いた？」

「あ、うん……ありがとうお兄さん」

「次からはああいう声の届かなそうな所はあまり行かないようにな。お姉さんが心配しちゃうから」

「う、うん……ごめんなさい」

「あぁ謝《あやま》らなくて良いよ。次からな、次から」

過去一番穏やかな声で喋ったわ。たぶん人生で今が一番お兄さんやってる。愛莉《あいり》ちゃんの時とかどうだったよ？　お兄さんってか馬だったよな。もはや犬。

お兄さんがてら――〝お兄さんがてら〟って何だ。ついでにこのお姉さんにも注意しとくかね。自覚が有るにしろ無いにしろ、結構目を引いちゃう感じだから。

「笹木さんもお気を付け下さい。この辺の治安は悪い方じゃないとはいえ、男子高校生の俺にとっても貴女《あなた》は特に魅力的《みりょくてき》だと思いますので」

「え……ええっ？」

「相手が大人の男性の可能性だってありますし、中学生にも体格の大きいやつは居ます。

少し回り道してでも、人通りの多い道を通る事をオススメします。一般《いっぱん》男子の忠告程度に受け取ってください」

「は、はい……ありがとうございます……」

「それじゃ、失礼します」

――心地好い。歳上《としうえ》の美女とお互《たが》い丁寧に話すのがこんなにも心地好いとは思わなかった。成《な》る程《ほど》、女性の処世術はこういうところから生まれてんのか。もしかして今ってコミュ障の女子には男以上に生きづらい世の中なのかもな。

◆

早いもんで、バイトを始めて一週間が経《た》った。いつも顔を見てた面子《メンツ》と会わなくなるとやっぱ寂しくなるもんなんだな。自分自身そーゆうとこドライかと思ってたけど、皆《みんな》こんなもんなんかね……？

早起きが怠いとは言え、たった五時間――下手したら三時間しかないアルバイトに顔を出す程度ならモチベーションなんて無くても「やってやるか」なんて気持ちになる。何なら最近はバイトから帰ってリビングのソファーで昼寝《ひるね》の流れが続いてるから、夜更《よふ》かししても次の日に差《さ》し支《つか》えないんだわこれが。

「あぁ〜っ……だっる」

受験生の姉貴は夏休みも暦《こよみ》通りの登校。俺も再来年にはこうなるのかと思うと一気にHP削《けず》られる気がする。おまけに生徒会もあって塾《じゅく》も行くとか生徒の鑑《かがみ》だなおい。今回ばかりは口癖《くちぐせ》でもなく本気でダルそうだ、あんなイケメン達に囲まれてんのに色っぽい話が無い理由が解《わか》る気がする。

「……アンタ、夏休みなのによく早く起きてんよね」

「早起きが金になるからな。たった五時間しかないバイトは金が出るのに学校は金が出ないんだぜ……？　クソだろ」

「アンタクソだね」

「そこのクソ姉弟《きょうだい》、汚《きたな》い言葉で日常会話すんのやめろ」

姉貴と安穏《あんのん》じゃない会話をしてると親父《おやじ》から駄目《だめ》出しされた。朝飯の途中だもんな……親父は今から五時間どころか夜まで仕事に拘束《こうそく》されるってんだから、目の前でこんな会話されたらイラっとすんのも無理ないか。

あまりの多忙《たぼう》さに親父の気持ちを汲《く》んだのか、姉貴はクソと言われども言い返すことはしなかった。何だかんだこの場で一番苦労してんのは親父だろうしな。今の俺が親父の立場だったら間違いなく禿《は》げる。

「古本屋だっけ？　そんな楽なん」

「古本屋ってより個人で趣味の経営ってとこがミソだな。やればやるほど仕事が降ってくるチェーン店とは違って、やる事終わったら終わりなんだよ」

「生徒会はチェーン店だったんだね……」

「違ぇだろ」

　こっちもだいぶキテんな。話によると夏休みの間に文化祭の準備と並行して中学生の体験入学もあるっつってたか？　うちの学校ってイベント多かったんだな。そういった面ガン無視して入学しちゃったよ俺。

　なんて言葉をこぼして見ると、普通《ふつう》に返事をしてくれた。

「あ？　ああ……そっちは教師陣《きょうしじん》が選抜《せんばつ》したのが案内とかするってよ。イケメンとか可愛いコとか」

「成る程、それで姉貴は呼ばれなかったわけだな」

「あーはいはい。美女じゃなくて良かった良かった」

　おい本当にだいぶキテんな……むしろキメてねぇだろうなこの姉……俺《おれ》のイジりを流すだなんて……いつもならローリングソバットを放って来てもおかしくないのに……え、何求めてんの俺？　ちょっと待てよぉ……姉弟揃《そろ》ってやべぇじゃん……。

にしてもイケメン美女の選抜と来たか。頭の中でつい最近見た組み合わせが浮《う》かんだけど、文化祭実行委員のついでに頼《たの》まれてそうだな。特に夏川。この上なく夏川。は？　佐々木《ささき》？　誰《だれ》それ笹木さんなら知ってるけど。

「あー……そういやアンタ、風紀委員に誘《さそ》われたんだって？」

「んぁ？　何で知って──あぁ……そういや四ノ宮《しのみや》先輩と知り合いなんだっけか」

四ノ宮先輩にとっちゃ姉貴がギャル友なんだよな確か。あれ違う？　ホントこの二人マジで何がどうなったら知り合うんだ……？　性格的に絶対に関《かか》わり合うような二人じゃないと思うんだけど。

「知り合いってか──んまぁ、そんな感じだけど。それよりアンタらどういう関係？　いきなりアンタの調子がどうとか訊かれたんだけど」

「や、別にそんな大した関係じゃ……姉貴の弟的な感じで接して来てると思うけど。実際そう言われたし」

「まぁ別に良いんだけどさ。アンタ風紀委員入んの？」

「無理に決まってんだろ。あの人の居た場所とかどう考えても荷が重いわ」

「じゃあアンタ生徒会入ってよ」

「……は？」

今何と……？　生徒会？　テキトーな委員会どころか生徒会？　それこそ荷が重いんだけど。学校のイベント多いし、絶対忙《いそが》しいだろ。日々やってるらしい事だって小難しい内容ばっか………おかしいな、活発系イケメンの轟《とどろき》先輩が遊んでる姿ばっか思い浮かぶんだけど。

「何で」

「凛《りん》も言ってたけど、やっぱどこの馬の骨か分からん奴《やつ》に後《あと》任せたくねぇんだわ」

レディースの総長かおめぇは。語尾《ごび》に〝夜露死苦〟が聞こえたわ。急に元ギャルの一面出すし……やっぱストレスがヤバげなんじゃね？　アゲアゲまじ卍《まんじ》で行こうぜ。や、だからっつって俺かよ……佐城家の馬の骨ですけどそんな器量はなくてよ？

「アンタ事務系得意じゃんキモい」

「そうなのか？」

「あ」

〝あ〟じゃねぇよ。親父反応しちゃったじゃん。どっちに反応したの？　〝キモい〟の部分ですか……このアマ中学の頃《ころ》バイトしてたのバラしてねぇだろうな……俺を勧誘《かんゆう》したいのか機嫌損《きげんそこ》ねたいのかどっちなんだよ。てか事務系が得意ってなに？　長所と呼んで良いのそれは。

「生徒会手伝わされてんだよ。最近行ってないけど」

「最近来ないじゃんサボり？」

「そもそも生徒会じゃねぇから俺。あと今夏休み」

「バイト代出たら何か奢《おご》ってよ」

「まぁ……別にコンビニアイスぐらいなら」

「待ってろハーゲン」

大変そうだし、まぁ少しくらい優《やさ》しくしてやるか……なんて思ったそばから強《したた》か過ぎんだろ何なのこの姉……絶対女に生まれてなくても今と性格変わんねぇじゃんかよ。

「生徒会、割とマジだから。考えといて」

「はぁ？　ちょ、姉貴――」

呆《あき》れてると、姉貴は無理難題を俺に押し付けて食器を置いたまま二階に上がってった。

え？　マジなの？　生徒会とか風紀委員以前の問題なんだけど。え？　嘘だよね？　そんな感じのやつじゃないじゃん俺。

何がムカつくって、親父が素知らぬ顔で飯食い続けてる事なんだよなぁ……。

EX❤❤ご相伴に与って

「あーいちっ、連れて来たよ」

「よ、よろしくねっ」

「何だよそのキャラ……」

愛莉《あいり》ちゃんと初対面した次の日。昼休みに芦田《あしだ》に捕《つか》まえられて夏川《なつかわ》の元まで連行された俺は、夏川とのふわっとした約束を忘れかけてた気まずさからキモくなるしかなかった。マジヤバたん。

夏川の周りには愛莉ちゃんを取《と》っ掛《か》かりに夏川と仲良くなろうとする女子数名と佐々木《ささき》、そこからちょっと距離《きょり》を空けて他男子グループの数人が居た。何だか最後のが一番イラッとする連中だな。

どうせなら佐々木みたく堂々と当たり前のように女子の中に交ざって欲《ほ》しいもんだ。それはそれとしてムカつくけど。

適当な所からイスを引っ張って来て安パイな佐々木の隣《となり》に腰《こし》を下ろすと、芦田が満足気に夏川の対面に座《すわ》った。何がスゴいって、こんだけ中心的存在になりつつある夏川の対面は〝必ず芦田〟ってルールになってるとこだよな。秩序《ちつじょ》が生まれてんのヤバくね？　右大臣かお前は。

「佐城《さじょう》、最近はどっか行ってると思ったら今日はここで食うんだな」

「いやほら、色々あんだよ……」

「へぇ……」

　クラス一のアイドルが夏川だとしたら、クラス一のイケメンは佐々木。サッカー部でスポーツ万能《ばんのう》のうえ性格は俺から見て主人公気質。どこがって、何の抵抗《ていこう》も無く女子の輪に入ってくところ。おまけに野郎《やろう》連中とスポーツの話もゲームの話も出来ちゃうあたり、もはや敵に回せないレベル。夏川ブーム到来《とうらい》以降、こうして夏川の近くを確保するのは果たして気があるからなのか……よくわからなかった。

「えっと……佐城くんもここで食べるんだ」

「あ、悪い。佐々木の横取っちゃって」

「そ、そーいうんじゃないからっ」

　近くの斎藤《さいとう》さんから戸惑《とまど》った感じに訊かれる。そりゃそうだ、騒《さわ》がしくて近寄りがたくなってた元凶《げんきょう》がここに居るんだから、戸惑うのも仕方ない。暗に「テメーなにこっち来て

やがんだよ」って言われた気もするけどここは我慢《がまん》してもらう。今は他の女子に気ぃ遣《つか》っ
てる場合じゃない、逆に攻《せ》めてやる。

「ええ？　ホントに？」

「もうっ、違うってばっ」

小声で揶揄《からか》ってるとワタワタしながら肩《かた》をぺちっとされた。ちゃんとしてる系の子が慌《あわ》ててんの可愛《かわえ》ぇ……でもたぶん斎藤さんも佐々木に気がある女子達の一人なんだよな。四月からクラスを見てきた感じで何となく察してる。

まぁ安心して欲しい。佐々木に余計な事を言うつもりは無いし、また前みたいに「愛華《あいか》愛華愛華」と騒がしくするつもりはない。みんなの空気感に合わせてそれなりに溶《と》け込む。そう、目指すはカレーの玉ねぎ。

「お、おい佐城」

「へ……？」

ヘラヘラしてると、佐々木が小突《こづ》いて来たのと同時にピリッとした気配を感じた。振《ふ》り返《かえ》ると佐々木の向こう側でこっちに厳しめの目を向ける夏川が居た。そんな顔も可愛い。惚れてまうやろ。惚れてたわ。

「佐々木。俺はどうやら嫉妬《しっと》されているらしい」

「なっ……そ、そんなわけないでしょっ！　馬鹿《ばか》じゃないのっ」

そんなわけないと解ったうえであえて聞こえるように言うと、夏川が「心外だ」と言わんばかりに立ち上がった。そんな強く言わなくて良いじゃない……。

「佐々木……俺はどうやら馬鹿らしい……」

「いや、馬鹿だよお前は」

みんながクスクス笑った。女子の割合高めだからかどこか上品に聞こえる。夏川がプイっとそっぽを向いた。場の空気を保つとはいえ結構ダメージが強い。ダメージ耐性《たいせい》無限だったあの頃の俺はいったいどこへ……。

気分を変えよう。飯だ飯。どこで食おうとどんだけ悲しかろうと美味《うま》いものは美味い。食欲を満たせばすり減ったメンタルもちったぁマシになんだろ。

「佐々木はちゃんと弁当なんだな。有希《ゆき》ちゃんが作ってんの？」

「何でわかったんだよ……」

「何でわかんねぇと思ったんだよ」

佐々木の弁当はガッシリとした器に対して可愛らしい中身だった。お袋《ふくろ》と同世代のセンスとはあんまり考えられないし、何よりブラコンの有希ちゃんのイメージを強く感じた。甲斐甲斐《かいがい》しく佐々木の弁当を用意する有希ちゃんは余裕で脳内再生できた。

「そういう佐城は菓子《かし》パン一個か。足りんの？」

「最近は何となく適当でな。割と間に菓子食ってんだよ。何気にチョコとかガムとか常備してるし」

「そういやだいぶ前に授業中に見つかって怒《おこ》られてたな……」

「忘れてくれや」

ちなみに姉貴も同じ。お菓子を常備して昼は適当に済ますタイプ。受験生だから頭に糖分が必要だし丁度良いっつってた。それは解るんだけど俺からお菓子補充《ほじゅう》しようとすんのやめてくんねぇかな。良い感じのばっか持ってくのやめて欲しいんだけど。ちゃんと金払《はら》うなら自分で買えよ……。

なんて事を話してると、そっぽ向いてツンとしてた夏川が呆れたって顔で口を挟んで来た。皆様《みなさま》、宣託《せんたく》のお時間です。

「そんなんじゃ健康に悪いわよ」

やだ手厳しい。まさかのお叱《しか》り。

「いやほら。うちの場合、弁当にしたってどうせ冷食と米の詰《つ》め込《こ》みだし。健康のこと考えたってそんなに変わらんから」

「ならサラダとか買いなさいよ……野菜の栄養足らなくなるわよ」

「えっ」

珍《めずら》しい。や、珍しくないのか？　夏川の姉としての顔を知った今なら世話焼きな一面があるのも納得《なっとく》できる気がする。そうじゃなくても今までは接するだけで嫌な顔されてたから新鮮《しんせん》に聞こえる。

「あぁ……まぁテキトーに食っとくよ。サンキュ」

「ちょっと、何よ〝テキトー〟ってっ」

「え？」

とりあえず礼は言ったものの、夏川は言葉通り受け取らなかったらしい。やっべ言い方ミスったかな……ぞんざいに扱われたと思われたかもしんない。実際は会話してくれただけで超嬉《ちょううれ》しいんだけど。どうにか弁明しなければっ！

「──ダメだよ、佐城くん。ちゃんと野菜も摂《と》んないと」

「えっ？」

「はい。私のロールキャベツあげるから。食べて？」

「あ、ども」

机に置いてる空になった菓子パンの包装の上に、斎藤さんが自分の弁当の隅《すみ》に入ってた可愛らしいロールキャベツを置いた。不意を衝《つ》かれて素直に受け取ってしまった。

や、でも待てよ？　斎藤さんは佐々木に気があるはず。なのにこんな近くで俺を気遣《きづか》うような真似《まね》をして良いの……？　実際、今もチラチラと佐々木の顔色を窺《うかが》ってるみたいだし……。

……待てよ？　そうかわかったぞ。そうやって俺に気を向ける素振《そぶ》りを見せて佐々木に〝良いなぁ〟なんて羨《うらや》ましく思わせる作戦か。これで佐々木が俺に嫉妬したらなお良しってわけだ。

「なるほど……」

「〝なるほど〟とか言わないっ………」

斎藤さんの表情を見ながら呟《つぶや》くと小声でツッコまれた。どうやら俺の読みは当たってたみたいだ。一種の『肉を切らせて骨を断《た》つ』作戦。その覚悟《かくご》っ……確かに受け取った！

「んむっ……あ、美味い。野菜の栄養が染み渡《わた》る。ヴィーガニズムに目覚めそう」

「お前……さては食レポ下手だな？」

菓子パンの包装を使って上手《うま》いこと口に放《ほう》り込むと、ジューシーな旨《うま》みがブワッと広がってただただ美味かった。〝女子の弁当〟っていう効果が強い。もうそれだけでご飯何杯《なんばい》もイケそう。

　素直な感想を言ったのに佐々木はイマイチな反応だ。〝羨ましい〟とも思ってなさそう。そもそも〝女子の弁当〟のレア度を理解してなさそうだ。マジでコイツ異世界転生してくんねぇかな……。

「あ、じゃあさじょっち。アタシのロールキャベツも」

「ロールキャベツ流行《はや》ってんの？」

　内心で佐々木に悪態吐《つ》いてると、芦田もロールキャベツをやると言ってきた。ロールキャベツ率高ぇな。女子力アピールに使えるとか？　や、でも芦田がそこまで気にしてるようには思えねぇし。単に弁当のおかずとして収まりが良いのかもしれない。

「はい、あーん」

「えっ」

　や、〝あーん〟てお前。あと箸《はし》も。

　マジかよ、なんて顔で芦田を見てみると何の裏も無さげなニッコニコな顔があった。そうだよなぁ……芦田って自分に関しちゃその辺が無頓着《むとんちゃく》なんだよなぁ……そーゆートコだぞお前。まぁそんな感じならこっちも貰《もら》うけどさ。

「あむっ」

「──ぁ……」

「にひひっ、美味《おい》しいでしょー」

「んまいんまい」

はいはい美味いよ、なんて感じに返すと芦田は満足げに笑った。や、何でお前が自慢《じまん》げなの。前に〝お母さんが作ってる〟とか言ってたじゃんか。あれか、お母さん自慢か。うちのお袋だってなぁっ……チャーハン作んのめっちゃ上手いんだぞ！　ギットギトで美味いんだぞ！　和食のレパートリー少ないけど！

てか、へぇ……同じロールキャベツでも斎藤さん家と芦田ん家《ち》とでやっぱ味変わってくるんだな。芦田がくれた方がケチャップ強めというか。部活で運動するから塩気濃《こ》くしてんのかな……どっちにしても美味いけど。

「ふぅ、ロールキャベツとか久々に食った……」

「──わ、わたるっ！」

「うぇっ⁉　な、なにっ？」

立て続けにボリューミーなおかずを貰って一息ついてると、急に名前を呼ばれて思わず背筋がピンと伸びた。同年代の女子から強めに名前で呼ばれると姉貴がキレた時を思い出してビビるんだよ……。

見ると、夏川が前のめりに立ち上がって自分の弁当を持ってこっちを見てた。いやちょっと待ってどーゆー事……？　え、何その真剣《しんけん》な顔。何で？　や、何をするつもりなのかは解るけど何で？　芦田とは意味変わってくんじゃん。ほら、周りも何か「うっそマジで？」って顔になってんじゃん。

「ロールキャベツじゃないけどっ……」

「な、夏川。俺もうじゅうぶ――」

「こ、これなら！」

「いやこれっ……て」

整理しよう。まず夏川が俺に〃あーん〃してんのがおかしい。芦田はともかく夏川が俺を意識しないのはおかしい。フッたフラれた仲で普通する？　すっげぇ嬉《うれ》しいしもう興奮するけど普通する？　周囲のみんなも知ってるから唖然《あぜん》としてんだけど。てか意識してるよね顔赤くなってんじゃんっ！

んでもってもう一つ――俺の前に差し出された、アスパラのベーコン巻き。しかもなかなか太いやつ。夏川さん……ええ目利《めき》きしとるやないですか。ええもん買《こ》うとる。

でも僕《ぼく》ね……アスパラ苦手なの☆

「あ、あの夏川。芦田がアレなだけでそんな無理はし――」

「圭《けい》は良いのに、私はダメなの……？」

「うっ……！」

うわあああああああああああああッ！

なにその顔そんな顔すんなよ全力で慰《なぐさ》めたくなんじゃんっ！　俺をどうしたいの⁉　虐めか？　フッてる俺にあえてこーゆー事して虐めてんのか！　マジでありがとう夏川！

残念だったな夏川まだ大好きだぜマジ嬉しい！

でも僕ね……アスパラ大《だい》っ嫌《きら》いなの。

「ちゃ、ちゃんと野菜も食べないとだからっ…………ほらっ」

「ううっ……」

口元まで近付けられた〝あーん〟。カリッと若干香《じゃっかんこう》ばしくなったベーコンにアスパラの匂《にお》いまで伝わって来て舌が食ってもないのに不味《まず》くなる。う、うわぁ………アスパラだ。ちゃんと言うとアスパラガスだ。何で先人はこれを食おうと思ったの……そしてこれを〝美味しい〟と言えるやつはどんな舌してんの……。

「ん、んむッ……！」

「ぁ……！」

引くに引けなかった。確かにアスパラは嫌いだけど虫を食うよりマシ。世界探究番組のタレントの苦労に比べりゃアスパラなんざ屁《へ》の河童《かっぱ》。そうだ、日本人に生まれた俺は恵《めぐ》まれてるんだっ！　その事を忘れちゃいけない！　アスパラ、いざ咀嚼《そしゃく》ッ……！

「…………あ、あれ？　うまい？」

　美味かった。何がビックリしたって、アスパラ独特のスジっぽい食感が無い。舌で押《お》してホロリと崩《くず》れるような、そんな軟《やわ》らかさがあった。それに味も良い感じにしょっぱい。

「……ど、どのくらい？」

「ええっ」

　〝どのくらい〟。このタイミングでそれ訊いちゃう？　美味いとはいえ俺でも何とか食えたって程度なんだけど。どのくらいって訊かれちゃうとマジやばたんなんだけど。

「えと……姉貴のより」

「わ、渉《わたる》のお姉さんのより……!?」

　それは間違《まちが》いない。あの女《アマ》、俺が嫌いな食材を使った料理に特化して習得してるから。土日の昼とかに急に憂《う》さ晴《ば》らしで作り出すことが多い。俺に食わせて不味そうな顔見て満足するまでが憂さ晴らし。姉貴自身は美味そうに食うからなお質《たち》が悪い。

「愛莉も食べられるようにしてるからかな……」

「へ、へぇ……手料理だったんだ」

「あ……う、うん……そうよ」

確かに幼稚園児《ようちえんじ》にアスパラ好きはあまり居ないだろう。察するにこのアスパラ、入念に茹《ゆ》でられてるな……？　味消しに塩水で茹でたのか。さすが愛華お姉ちゃんっ……抜《ぬ》け目《め》がねぇぜ！

さぁて夏川さん！　周りがやっべぇ空気になってるけどどうする？　逃《に》げる？　俺行こうか？

嬉しそうに微笑《ほほえ》む夏川が、この空気に気付くことは無かった。

あとがき

皆様、お疲れ様です。作者のおけまるです。

『夢見る男子は現実主義者2』はいかがだったでしょうか。

作者の私としては、自分が過去に書いた文章を見返すのはかなり恥ずかしかったりします。本当に赤面しながら校閲作業等に取り組んでおります。どこの著者さんも同じなのでしょうか。


二巻では主人公の渉《わたる》が愛華《あいか》の家にお邪魔しに行きました。もうお気付きかもですが、愛華はちょっと不器用なんですよね。元々友達もそんなに多い方じゃありません。今後の展開でその理由だったりの描写が出てくるわけですが、現状を見ているだけでも『今在る存在』に普通以上の感情を抱いているように思えますよね。表紙イラストの圭《けい》のような親友も居るわけですが、じゃあ、主人公の渉に対してはどんな感情を抱いているのか。それは今後の展開にご期待いただければと思います。

さて、私の近況になりますが、作家おけまるとしては本シリーズが処女作になりました。やはりただネットに投稿して読者の皆様に読んでいただくのとは格段に環境が変わったように思えます。少なくとも知名度という点に関して、ライトノベル界ではマイナーだとしても、ネット小説のみだった時分より大きく変化したのを感じます。いや、プレッシャーですね。

次点で言うとエゴサーチでしょうか。以前はネット上にごまんと転がる作品の一つでしかありませんでした。ネットやＳＮＳで検索しても作品閲覧ページへのリンクこそ有るもののの、全く関係ないサイトだったり異なる環境で感想を述べてくれる、あるいは評価してくれる〝お声〟というものがあまり無かったんですよね。そんな最中に、時々ぴょこっと本作のことが書かれてたりする〝お声〟を発掘するのが楽しかったんですよね。

今は……もう、すっごいですね。検索すればこの作品のことしか出てきません。至るところに読者の皆様の感想が散りばめられています。かつては一つたりとて逃さなかった皆様のお言葉を追い切れないなんて、書籍化前の自分に言い聞かせたら信じてくれないと思います。ウェブ版の方で僅かに修正を加えただけで多くの方々に反応をいただくようになりました。これは戦々恐々ですね。精進いたします。

Twitterの方でも拝見しております。本作は基本的に頭を空っぽにして読んでいただけると思いますが、要所要所に〝考え方〟にフォーカスした描写が散りばめられていると思います。そういった面について皆様同士がつながって議論をされているところを見ると私も嬉しくなります。まるで自分が書いたんだと言わんばかりに登場人物の心情なんかを語っていただいてたりすると超嬉しいです。ガンガンどうぞ。いつの間にか私も交ざってるかもしれません。

他には……そうですね、ライトノベルを人生で初めて買いました。私はネット小説民でしたので、書籍化したネット小説自体は何度も読んではいたのですが、今まで書籍というものを手に取った事が一度もありませんでした。ランキングサイトを覗きに行って、本作と同時発売している作品をいくつか拝読いたしました。

ほわぁ、の一言ですね。持論としてライトノベルは『軽い気持ちで読める小説』と定義付けていたのですが、私に言わせれば『文芸』でしたね。直木賞とか、芥川賞とかそっち方面のやつです。恐らく本物の文学作品を読むと『日本語わかりません』ってなると思います。そのくらいしっかりした構成と文章に圧倒されました。皆さんスゴいですね（語彙）。

各作品のアニメ化、ドラマ化待ってます（※ファン）。

他にも書店に本シリーズが並んでるのを見てニヤニヤしたり読者様が描いたイラストを

見てニヤニヤしたりと色々あるのですが、気持ち悪い描写にかけては自信があるんで割愛しますね。皆様の頭の中のおけまるが気持ち悪くなりそうです。

そういえば担当編集者さんから本作のタイトルの略し方について相談がありました。略し方……全く考えてなかったですね（笑）。略し方という観点でＨＪ文庫の最近の作品を挙げると……『あまもん』ですかね。やりますね、スゴく耳に残るというか、とても覚えやすいですよね。度外視しておりました。

じゃあ今作『夢見る男子は現実主義者』、どう呼称しましょう。『夢男』……字面ヤバいですね。夢の中に現れる妖怪みたいな感じがします。それならひらがなだけ取りだしてみたら……『るは』。ワケが分からないですね。ていうかひらがな二文字しかなかったんですね。『夢現』……調べたらもうその略称で活動してる方がいらっしゃいました。この作品の命名時は「まさかカブらないだろ」と思って『夢見る男子は現実主義者』にしたんですが……難しいものですね。皆様か担当編集者さんにお任せしようと思います。

最後に、ありがたい事に現時点でもう『夢見る男子は現実主義者３』の発売が決定しております。それ以降がどうなっていくかはまだわかりませんが、一つだけご安心いただけるとしたら、ウェブ版はずっと続いて行くということです。これからも皆様のご期待に添えるよう執筆してまいりますので、今後とも、どうか宜しくお願い申し上げます。

また『夢見る男子は現実主義者3』のあとがきでお会いしましょう。

おけまるでした。

渉の存在の大きさに気づき始めた愛華。
一方、我に返った渉には
人を惹きつける何かがあるらしく、
何故か引く手数多《あまた》に!?
夏休み本番。二人の距離感に、
学校を飛び出た新たな人間関係が
一石を投じる……!
第3巻
発売決定!
夢見る男子は現実主義者3
今冬　発売予定!!!!!!

HJ文庫 https://firecross.jp/
896

夢見る男子は現実主義者2

2020年9月1日 初版発行
2023年5月25日 2刷発行

著者——おけまる

発行者—松下大介
発行所—株式会社ホビージャパン

〒151-0053
東京都渋谷区代々木2-15-8
電話 03(5304)7604(編集)
03(5304)9112(営業)

印刷所——大日本印刷株式会社

装丁——coil/株式会社エストール

Printed in Japan

ISBN978-4-7986-2289-7 C0193

ファンレター、作品のご感想
お待ちしております

〒151-0053 東京都渋谷区代々木2-15-8
(株)ホビージャパン HJ文庫編集部 気付
おけまる 先生/さばみぞれ 先生

アンケートは
Web上にて
受け付けております

https://questant.jp/q/hjbunko

- 一部対応していない端末があります。
- サイトへのアクセスにかかる通信費はご負担ください。
- 中学生以下の方は、保護者の了承を得てからご回答ください。
- ご回答頂けた方の中から抽選で毎月10名様に、
HJ文庫オリジナルグッズをお贈りいたします。

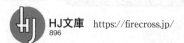

HJ文庫毎月1日発売！

毒舌少女はあまのじゃく 1
～壁越しなら素直に好きって言えるもん！～

著者／上村夏樹
イラスト／みれい

壁越しに先輩がデレてくる悶絶いちゃいちゃ青春ラブコメ！

ドSで毒舌少女の雪菜先輩は、俺と同じアパートに住んでいるお隣さん。しかし俺は知っている。あの態度は過剰な照れ隠しで、本当は俺と仲良くなりたいってことを。だって……隣の部屋から雪菜先輩のデレが聞こえてくるんだ!!　毒舌少女の甘い本音がダダ漏れな、恋人未満の甘々いちゃいちゃ日常ラブコメ！

発行：株式会社ホビージャパン